Pour Audrey !

Parce que lire,

c'est aussi quitter

des lieux obscurs ...

Amitiés !

15 10 16

1. Phænomen

2. Plus près du secret

3. En des lieux obscurs

Erik L'Homme

Phænomen

En des lieux obscurs

GALLIMARD JEUNESSE

À Thierry qui, depuis Chien-de-la-lune,
m'aide lumineusement dans l'ombre
à tirer le meilleur de mes manuscrits.

À mes frangins, à la vie à la mort…

In summa : en résumé

Claire, Violaine, Nicolas et Arthur sont quatre adolescents atteints de troubles du comportement : Arthur souffre de ce qui semble être une forme d'autisme, Nicolas fuit la lumière, Violaine ne supporte pas qu'on la touche et Claire connaît de graves problèmes d'équilibre.

Ils ont été confiés à la Clinique du Lac, qui traite ce genre de cas difficiles. Mais dans cet établissement un seul homme, le « Doc » Pierre Barthélemy, s'intéresse sincèrement à eux.

Aussi, lorsque le Doc est enlevé par trois individus sinistres, les adolescents décident de s'enfuir de la clinique et de partir à sa recherche.

Au cours de cette quête, ils découvrent que leur handicap peut se transformer, à force de courage et de volonté, en pouvoirs extraordinaires : Arthur dispose d'une mémoire prodigieuse, Nicolas distingue les radiations infrarouges, Violaine parvient à soumettre les gens à sa volonté et Claire est capable de se déplacer extrêmement vite.

Ces pouvoirs, ils en ont bien besoin pour affronter Clarence, Matt et Agustin, les ravisseurs du Doc ! L'inquiétant trio dispose en effet des moyens considérables fournis par la NSA, une agence américaine de renseignements. Clarence, le chef, est un homme intelligent et efficace, qui éprouve une admiration croissante pour les adolescents. Agustin, lui, est persuadé que ce sont des monstres qu'il faut éliminer.

Surmontant toutes les embûches, Violaine, Claire, Arthur et Nicolas découvrent le secret du Doc : ancien psychiatre au service de la NASA, Pierre Barthélemy détient la preuve que les Américains ne sont jamais allés sur la lune ! Une lune déjà occupée, vraisemblablement par des extraterrestres…

Les quatre amis ne peuvent en apprendre davantage. Clarence leur confisque les preuves embarrassantes en échange de la libération du Doc.

Mais ces adolescents, qui se sentent parfois si différents des autres, restent bouleversés par la divulgation de cet incroyable secret. Persuadés qu'il existe un lien entre leurs singularités et l'existence de cette vie extraterrestre, ils décident de mener l'enquête et découvrent que Harry Goodfellow, l'ancien informateur du Doc, est en mesure de les aider.

En se rendant à Londres pour le rencontrer, ils échappent de justesse à un piège mis en place par le MJ-12, une mystérieuse et puissante organisation. Goodfellow a le temps de leur confier son carnet qui contient de surprenantes révélations : lors des premières attaques contre leur ordre en 1307, les Templiers auraient caché en Amérique des archives secrètes et parmi elles la réponse qu'ils recherchent.

Traqués par les tueurs à gages du MJ-12, les quatre fugitifs gagnent le Chili : destination, une île perdue en Patagonie, aménagée il y a des siècles par les Templiers. Ils ne savent pas que le chef de leurs poursuivants est Agustin, qui veut régler un compte personnel, ni que Clarence s'est mis en tête de les protéger.

Violaine accepte de plus en plus mal son pouvoir surnaturel et Claire s'étiole lentement. Arthur et Nicolas ne peuvent rien faire quand Agustin les capture et s'empare du carnet. Emmenés de force sur l'île de Santa Inés, dans l'ancienne forteresse des Templiers, ils constatent avec désespoir que les archives ont disparu.

L'intervention de Clarence, puis celle de Violaine qui terrasse Agustin, leur permet de s'enfuir et de regagner la ville de Punta Arenas. Ils y apprennent, grâce à l'intuition d'Arthur et à une visite au cimetière, qu'un pêcheur a vendu jadis les archives du Temple à l'organisation cachée sous le nom de MJ-12.

Au moment où, sans nouvelles du Doc, ils s'apprêtent à renoncer, un message électronique de Harry Goodfellow leur fixe un rendez-vous et leur promet d'autres révélations…

1

Noctuabundus, a, um : qui voyage pendant la nuit

Et si mon cerveau n'était pas un cerveau ? Je m'explique : certains animaux vivent aux crochets d'autres animaux. C'est le cas des coucous, qui poussent hors du nid les oisillons des autres pour prendre leur place. Et celui des ténias, ces vers immondes qui colonisent les intestins. Les arbres non plus n'échappent pas aux parasites. Le lierre étouffe patiemment le chêne, les chenilles processionnaires bouffent les pins. Et si un parasite avait pris la place de mon cerveau ? Si mon crâne était squatté par une sorte d'éponge, par exemple ? Ou mieux : un horrible poulpe ? Brrr ! Un poulpe qui, aussi à l'aise dans ma tête que dans un vaisseau spatial, appuierait sur des boutons avec ses tentacules visqueux : « Photocopie de ce livre ! » « Stockage de ces soixante parfums ! » « Enregistrement des conversations de la table d'à côté ! » « Projection d'un rêve plus vrai que nature pour qu'Arthur pète les plombs ! » Sale poulpe…

Arthur se prit les pieds dans une racine et trébucha. Sa chaussure fit : « Splotch » en s'enfonçant dans la boue. Il étouffa un juron et se rétablit de justesse, grâce à la tige d'une fougère géante.

– Reste avec nous, vieille branche ! lança Nicolas derrière lui.

Que Nicolas trouve encore la force de plaisanter donna à Arthur l'énergie de continuer. Il arracha son pied de la vase dans un horrible bruit de succion. Il se retourna et vérifia que Violaine et Claire, l'une tirant l'autre, ne s'étaient pas laissé distancer. Puis il serra les dents et reprit la progression. Le soir tombait, il fallait encore avancer. Ce serait toujours ça de moins à faire demain.

Arthur marchait en tête du groupe depuis qu'ils avaient quitté la rivière et le bateau à fond plat pour s'enfoncer dans un sous-bois humide aux allures de jungle. Leur guide, un Indien amazonien vêtu d'un simple pagne et peint comme s'il partait en guerre, s'arrêtait souvent pour les attendre. Son visage n'exprimait ni impatience ni lassitude. Lorsque la troupe était reconstituée, il repartait sans rien dire.

Arthur se demanda pour la millième fois pourquoi il avait dit oui, avec les autres, à la proposition de Nicolas… D'accord, après la tragédie de l'île de Santa Inés et le fiasco de leur rencontre avec Alfonso, ils ne savaient plus où ils en étaient. Ni ce qu'ils devaient faire. Les secrets des Templiers avaient disparu, volés par l'oncle d'Alfonso et vendus à de mystérieux assassins. Même le Doc ne répondait pas au téléphone ! Ils étaient à Punta Arenas comme dans un cul-de-sac, seuls et sans but.

« Et si on partait à la recherche du “palais du Roi Blanc vivant dans les montagnes, au bord d’un lac grand comme une mer”, que Marco Polo décrit dans son *Devisement du monde* ? avait proposé Nicolas. Les archives templières s’y trouvent peut-être, après tout ! »

Sur le moment, ils avaient trouvé l’idée géniale. Le temps d’identifier et de localiser au Brésil le fameux pays de Piaui dont parlait déjà Marco Polo, de reprendre courage et de regrouper les bagages, c’était parti ! Direction, les plaines marécageuses, les herbes suintant l’humidité et les jolies rivières émeraude.

« On y parvient, à ce fichu palais, en remontant un fleuve, à travers une région peu hospitalière. » Peu hospitalière… Marco Polo avait le sens de l’humour ! C’était l’enfer, oui. Voilà deux jours qu’ils transpiraient dans la moiteur des forêts brésiliennes et chacun avait déjà arraché de ses mollets une douzaine de sangsues.

La nuit tombait à grande vitesse. Le guide fit halte au sommet d’un tertre. Le sol paraissait ici plus sec qu’ailleurs. Claire et Violaine s’y laissèrent tomber sans cacher leur soulagement.

– Ouf ! dit Violaine. Je n’en peux plus…

– Moi j’ai les pieds qui ressemblent à des éponges, gémit Claire en ôtant ses chaussures puis ses chaussettes, qu’elle entreprit d’essorer.

Elles jetèrent un regard noir à Nicolas.

– Ben quoi ! se défendit-il. On a voté, on était tous d’accord ! Pas la peine de me faire la gueule !

– Il a raison, dit Arthur. Essayons de garder le moral.

D'après notre guide, nous devrions arriver demain à la cité perdue où se trouve le palais du Roi Blanc.

– Tu parles l'amazonien, maintenant ? demanda Violaine, dubitative.

– J'ai profité du trajet en bateau pour apprendre quelques mots, s'excusa presque Arthur. Notre guide est tupi, ce qui veut dire que…

– On s'en fout, conclut laconiquement Violaine. Le principal, c'est que tu arrives à lui parler.

Arthur n'insista pas. La mauvaise humeur ne tarderait pas à se dissoudre dans le soulagement de s'être arrêtés, de pouvoir reposer ses jambes, de manger. C'est après en avoir bavé que l'on appréciait les choses simples. Que l'on renouait avec l'essentiel.

Ils se regroupèrent autour du feu allumé par l'Indien. Avec l'arrivée brutale de la nuit, la température avait chuté, contrastant avec la chaleur moite du jour. L'humidité faisait le reste et les quatre jeunes gens claquaient des dents, blottis dans leur couverture.

– On arrive demain, t'es sûr ? demanda Claire d'une voix faible.

– Oui, répondit Arthur tout en sachant qu'ils n'arriveraient que le surlendemain, au mieux, vu leur vitesse de progression.

Mais la jeune fille avait besoin d'être rassurée.

Ils grignotèrent sans appétit les provisions que leur guide transportait dans un sac à dos rudimentaire. Arthur s'étonna de leur trouver si peu de goût. La conversation mourut rapidement, chacun se renfermant sur sa fatigue et ses douleurs. Ils installèrent les moustiquaires et le bivouac. Des grognements tinrent lieu de « bonne nuit » et bientôt le guide se retrouva seul éveillé, à remuer les braises dans le foyer, silencieux, perdu dans d'insondables pensées.

Arthur se réveilla le cœur battant. Le feu était éteint depuis longtemps et l'Indien dormait dans un hamac dressé à l'écart. Quelque chose avait brutalement tiré le garçon de son sommeil. Ce n'était pas une bête, non. Ni un bruit de la forêt. C'était quelque chose d'intérieur. La certitude d'avoir oublié un truc important. Mais quoi ? Il ne parvenait pas à s'en souvenir. C'était si inhabituel qu'il en resta le souffle coupé. Bon sang ! L'oubli était un sentiment qui lui était totalement étranger. Ça lui était arrivé une fois déjà, dans la Drôme. Lorsqu'il avait « oublié » leur carte sur une pierre, dans l'église d'Aleyrac. Il lui avait fallu des heures pour s'en remettre. Cette fois encore, il se sentait complètement désarçonné. Il décida de réagir et de se lever, de faire quelques pas pour se calmer.

Il jeta au passage un regard à ses compagnons, allongés près de lui, et resta interdit. Claire et Nicolas semblaient dormir profondément mais la couche de Violaine était vide. Où avait-elle disparu ? Arthur tâtonna le duvet abandonné. Il était froid. Violaine l'avait quitté depuis longtemps. Il hésita à réveiller Nicolas et Claire. Ils étaient tous crevés, inutile d'en rajouter. Tant pis, il se débrouillerait tout seul. Il enfila son pull et laça ses chaussures. Puis il éclaira le sol alentour avec sa lampe-torche. Soulagé, il découvrit bientôt les empreintes de pas de la jeune fille. Elles prenaient la direction de l'ouest et étaient parfaitement visibles. Il s'engagea sans plus attendre sur les traces de Violaine.

Il marchait depuis un quart d'heure environ, suivant la piste sans difficulté, quand il entendit des bruits sur sa droite. C'était un animal, de bonne taille à en croire le froissement des branches. Il y avait des jaguars, des jaguars féroces dans cette région du Piaui ! Leur guide l'avait confirmé. Nicolas aurait pu le vérifier, en réglant sa vision au-delà du rideau végétal. Mais le garçon n'était pas là. Et puis, à quoi cela aurait-il servi ? Si l'animal avait voulu attaquer, Nicolas ou pas, rien n'aurait pu l'en empêcher ! Il ne restait plus qu'à espérer qu'il s'agisse d'autre chose, ou d'un jaguar repu...

Arthur continua sa progression, en se demandant ce qui avait bien pu se passer dans la tête de Violaine pour qu'elle s'éloigne ainsi du campement.

Arthur captura bientôt dans le faisceau de sa lampe, au pied d'un second tertre, un bloc de pierre taillée couvert de mousse. Il le contourna et découvrit un mur gigantesque à moitié éboulé. Les blocs étaient terriblement massifs. Il avait fallu une grande habileté pour les ériger de la sorte.

– La cité perdue, murmura Arthur en proie à une excitation grandissante.

Leur guide s'était planté sur toute la ligne. Encore un jour ou deux, leur avait-il assuré. Or les ruines n'étaient qu'à une demi-heure de l'endroit où ils s'étaient arrêtés ! Ou alors, c'était lui qui n'avait pas compris. Enfin, cela n'avait pas d'importance, ils touchaient au but !

Une chose l'étonnait, cependant. Comment Violaine avait-elle su que la cité était si proche ? Une révélation de ses dragons, c'était évident. Mais dans ce cas, pourquoi ne leur avoir rien dit ? C'était étrange. Aussi étrange que cette chose qu'il avait oubliée et qui le titillait, prête à fondre sur sa mémoire.

Arthur hésita à retourner chercher les autres. Il décida de vérifier au préalable qu'il s'agissait bien de la fameuse cité du Roi Blanc. Nicolas serait suffisamment grognon d'avoir été réveillé, autant que ce ne soit pas pour rien.

Il escalada la muraille effondrée, disloquée par les lianes et l'humidité. Il tomba et jura plusieurs fois, s'étonnant de ne pas trouver trace du passage de Violaine. S'aidant de ses mains, il parvint au sommet de la colline.

Il eut d'abord un mouvement de recul. Puis ses yeux s'agrandirent de stupéfaction. Une église, une église templière parfaitement conservée, reconnaissable à la croix de l'Ordre qui ornait le sommet du clocher, occupait le centre de l'esplanade. Des torches étaient plantées en terre et éclairaient des dizaines d'Indiens gisant sur le sol. Morts. Devant eux se tenait Violaine. Elle était nue. Belle. Farouche. Sauvage. Et elle riait en tournant sur elle-même dans une danse folle. Tout autour, feulant de joie, des dragons tordaient dans les airs leurs grands corps de brume. Arthur mit une main devant sa bouche pour ne pas hurler. C'étaient ces monstres que Violaine voyait à longueur de temps ? Pas étonnant, du coup, qu'elle soit si sombre ! Et les hommes, les cadavres, sur le tertre, c'était Violaine qui les avait tués ? Il manqua défaillir. Puis son attention revint sur la jeune fille et les ectoplasmes qui l'étreignaient de manière presque obscène. À ce moment, Violaine le vit. Elle stoppa net ses déhanchements. Un rictus déforma son visage.

– Bonsoir Arthur ! Quel vent mauvais t'amène ?

La gorge du garçon se serra. Il essaya de parler mais aucun son n'en sortit. Violaine fit quelques pas dans sa direction. Il détourna les yeux. Elle était toujours nue et terriblement belle. Il essaya de rebrousser chemin pour fuir, mais ses jambes ne lui obéissaient plus.

– Arthur le sage, Arthur qui-sait-tout…

Elle caressa son visage du bout des doigts. Il commença à trembler.

– Ces hommes sont venus jusqu'à moi pour s'offrir en sacrifice, continua Violaine. Es-tu comme eux ? Veux-tu partager leur sort ? La morsure de mes dragons est indolore…

Arthur voulut secouer la tête, mais il ne put faire le moindre mouvement. Il fallait pourtant qu'il fasse quelque chose. Violaine était devenue folle, folle à lier.

– Claire et Nicolas vont venir eux aussi, susurra la jeune fille à son oreille. Je les attends. Tu veux les attendre pour mourir ?

Oui, complètement folle. Et lui il était à sa merci, comme le seraient bientôt ses amis. Comment avaient-ils pu en arriver là ? Tout s'était si bien passé jusqu'à présent ! Ils avaient pris le bus, puis le bateau, puis leurs chaussures, pour aller au rendez-vous. Quelle idée, ce rendez-vous ! Goodfellow devait tanguer du ciboulot pour leur avoir donné un rendez-vous ici. Un rendez-vous… Mais bien sûr ! Arthur poussa un cri qui se transforma en râle. Ce n'était pas la mort qu'ils auraient dû rencontrer dans ce coin perdu du Brésil, mais Goodfellow. Goodfellow qui les avait convoqués à la cité blanche. Non, à la cité perdue du Roi Blanc. Goodfellow ?

Il se rappela soudain. Un éblouissement, comme un voile qui se déchire. *Goodfellow leur avait donné rendez-vous à Santiago !* Par Internet ! Un courriel laissé sur leur messagerie ! Arthur se maudit intérieurement. Que de temps perdu… Goodfellow devait les attendre depuis des jours. Il fallait se mettre en route tout de suite ! Convaincre Claire et Nicolas serait facile. Ils en avaient tellement marre de la jungle qu'ils diraient oui à n'importe quoi pour en sortir. Le plus dur serait Violaine. Comment allait-il s'y prendre pour la rhabiller ? Et pour ses dragons ? Car il fallait ranger les dragons de Violaine dans une valise. Pas n'importe quelle valise : une valise en peau de crocodile. Arthur rit doucement. Des dragons dans le ventre d'une valise en croco. Il trouvait ça très drôle !

Puis la silhouette de son amie devint floue tandis que les volutes de brume se dispersaient. Le temple vacilla sur ses bases, comme attaqué par un tremblement de terre…

Arthur se réveilla définitivement en clignant des yeux, les mains crispées sur les accoudoirs, penché en avant pour échapper à des doigts invisibles. Il lui fallut plusieurs minutes pour émerger totalement. Il se laissa retomber dans son siège, reprenant son souffle comme après une plongée en apnée. Quel cauchemar horrible ! Jamais encore il n'en avait fait de pareil. Il tourna la tête vers Nicolas qui dormait dans le fauteuil voisin du sien. Les deux filles, à côté, étaient elles aussi endormies. Arthur frissonna en fixant Violaine, blottie dans sa couverture. Comment une amie pouvait-elle vous inspirer des rêves aussi atroces ? Il s'en voulut aussitôt. Après tout, c'était ses rêves et son inconscient à lui, Violaine n'y était pour rien. Une bouffée de chaleur l'envahit en la revoyant danser, nue, près du temple barbare. Oui, il ne pouvait s'en prendre qu'à lui-même. Éventuellement à ses hormones, visiblement surchauffées par les longs trajets en autocar…

Il choisit de ne pas se rendormir et alluma la liseuse au-dessus de sa tête. Le bus filait dans la nuit noire, les emportant vers Santiago et leur mystérieux rendez-vous avec Goodfellow. Arthur espéra de toutes ses forces que le vieil homme fût réellement en mesure de les aider…

Les enfants ont souvent le sentiment que leurs rêves sont des voyages, des incursions dans une autre dimension d'où l'on revient la plupart du temps terrifié et épuisé. C'est cette certitude d'avoir affaire à une autre forme de réalité qui explique que les plus jeunes ont naturellement peur de la nuit. Le sommeil abrite des monstres bien plus réels que ceux de la télévision. Et puis cette sensation s'estompe au fur et à mesure que l'on grandit. Parce que notre cerveau, dans un puissant réflexe de survie, échafaude des coupe-feu de plus en plus efficaces, à la façon dont les antivirus protègent nos ordinateurs de menaces bien réelles.

Parfois cependant, ces barrières tombent et l'on se réveille dans son corps d'adulte en transpirant et en haletant comme un enfant, secouant la tête pour se débarrasser de peurs que l'on croyait oubliées depuis longtemps. Dans ces moments-là, on aimerait pouvoir compter sur une présence rassurante, une présence qui, malheureusement, se dérobe à l'adulte qu'on est devenu…

(Extrait de *Fées et lutins*, par Samantha Cupplewood.)

2

Loca editiora : les hauteurs

Allait-elle passer le reste de sa vie dans cette caverne, dans l'obscurité froide et la puanteur de ses chers dragons ? C'est ce qu'elle commençait à se demander. Elle se sentait bien, détendue, protégée. Mais elle s'ennuyait. La griserie du premier contact s'estompait. Elle tourna machinalement son regard vers le fond de la caverne et fronça les sourcils, surprise. Il lui sembla apercevoir une porte, une porte qu'elle n'avait jamais remarquée, derrière l'amoncellement des dragons lovés les uns contre les autres. Une porte en bois, dans un encadrement de pierres disposées en ogive. Elle trouva ça étrange. Puis elle se rappela que la grotte où se tenaient les dragons se terminait en crypte. Un tombeau souterrain, bâti par des mains d'hommes. Elle ressentit l'impérieux besoin de s'en approcher. Quand ils comprirent son intention, les dragons s'agitèrent nerveusement et lui barrèrent le passage. Elle renonça momentanément à son projet. Mais l'attitude de ses hôtes et gardiens avait aiguisé sa curiosité. Elle attendrait un moment plus propice...

9 jours 9 heures 9 minutes avant contact.

– Je déteste revenir sur mes pas, dit simplement Violaine tandis que l'autocar se garait le long du quai.

Violaine s'était réveillée au moment où le véhicule pénétrait dans la vaste cour du terminal Alameda. La tête encore pleine de rêves confus, elle s'étira comme un chat. Son regard bleu foncé, intense sous la mèche de cheveux châtains, plongea par la fenêtre et inspecta les alentours. Elle fit une moue d'ennui.

– La boucle est bouclée, ajouta plus positivement Claire. On était là il y a quelques jours : une minute et une éternité !

Claire songea à ce qu'ils avaient vécu en si peu de temps et la tête lui tourna. Elle lui tourna encore plus quand elle essaya de se lever. Finalement, Claire accepta de bon cœur l'aide de son amie pour descendre. Autant Violaine paraissait solide, autant Claire semblait fragile, avec ses fins cheveux blonds bougeant au moindre souffle d'air, sa silhouette diaphane et ses yeux grands ouverts comme sous l'emprise d'un étonnement permanent.

– Ouais, une éternité, je suis bien d'accord, grogna Nicolas. Ces trajets en bus sont interminables ! Heureusement qu'il faisait nuit et que la nuit, on dort…

Le garçon allait avoir quatorze ans mais on lui en donnait dix ou onze. Quant au plus étonnant chez lui, on ne savait pas si c'était ses cheveux, blancs à force d'être blonds, ses lunettes de glacier qu'il n'enlevait jamais ou bien cette incroyable faculté à bougonner en permanence.

– Je ne sais pas si c'est vraiment une chance, les trajets de nuit, commenta pour sa part Arthur en bâillant.

Le grand garçon trop maigre se frotta les yeux, rouges de fatigue, puis passa la main dans sa tignasse brune avant de renoncer à y mettre de l'ordre. Arthur n'avait pas voulu se rendormir après son étrange rêve, il en payait à présent le prix.

Ils récupérèrent leurs sacs dans la soute et se dirigèrent vers la sortie.

– On prend un taxi ? demanda Nicolas.

– Non, répondit Violaine. Le métro. Ça sera moins cher et plus discret. Arthur connaît le plan par cœur, hein, Arthur ?

La jeune fille avait retrouvé son autorité naturelle. L'hébétude qui l'avait saisie sur la route de Punta Arenas et de Santa Inés n'était plus qu'un mauvais souvenir. Arthur, par contre, semblait avoir à son tour contracté le virus : il était ailleurs, déconnecté, le regard étrangement fixé sur Violaine.

– Arthur, ça va ? s'impatienta-t-elle. Tu nous couves un pétage de plomb ?

– Non, ça va, tout va bien, répondit-il précipitamment pour cacher son trouble.

– Tu es tout rouge, insista Nicolas, inquiet. Tu es sûr que ça va ?

– J'ai chaud, expliqua Arthur. Et j'ai mal dormi dans le bus.

Il s'engouffra le premier dans la bouche de métro en se fustigeant intérieurement. Ce n'était pas bon de garder à l'esprit, une fois réveillé, les rêves que l'on faisait la nuit !

Des amoureux s'embrassaient sur un banc. Arthur éprouva un fugace sentiment d'envie. Était-il si différent de ces garçons qui riaient ? Qu'est-ce qui l'empêchait de se poser, lui aussi, sur un banc, avec une fille normale ? Avec laquelle il aurait parlé de tout sauf d'extraterrestres, de Templiers et d'assassins ? Un regard vers Violaine lui apporta une réponse évidente et il chassa vite cette pensée.

En fermant les yeux et en se fiant aux bruits familiers, il put se croire un moment revenu à Paris. Mais la chaleur qui les attendait lorsqu'ils regagnèrent la surface, les odeurs particulières à Santiago et les panneaux interdisant la route aux carrioles tirées par des chevaux lui confirmèrent qu'ils étaient encore au Chili.

Ils franchirent le rio Mapocho, réduit en cette saison à sa plus simple expression, traversèrent le quartier de Bellavista en direction du *cerro* San Cristobal qui dominait la ville. C'était l'endroit que Goodfellow avait choisi pour le rendez-vous.

– C'est drôle, je suis presque contente de le revoir, dit Claire.

– Moi, je suis vraiment curieux d'apprendre ce qu'il veut nous dire, dit Nicolas. Faire tout ce trajet pour nous, ça paraît dingue.

– C'est surtout inquiétant, dit Violaine en haussant les épaules. Pour moi, ça pue le piège.

– Tu en dis quoi, Arthur ? demanda Claire.

Le garçon émergea de ses réflexions et secoua la tête, gêné. Il jeta un regard à Violaine. Heureusement qu'elle n'avait pas le pouvoir de lire dans les pensées ! Ce rêve était vraiment débile. Et obsédant, très obsédant.

– Ce que j'en dis ? répéta-t-il en se raclant la gorge. Je me demande comment Goodfellow a obtenu notre adresse électronique. Voilà une question capitale ! Cette adresse n'est connue que de nous et du Doc.

– Et de n'importe quel hacker, railla Violaine. Tu imagines quoi ? Que des types assez habiles pour nous suivre jusqu'à Punta Arenas seraient incapables de dénicher une bête adresse électronique ? Tu te ramollis, Arthur !

– Holà, du calme ! intervint Nicolas. On est sur la même longueur d'onde, d'accord ? On fera gaffe, on a l'habitude. Pas la peine de se bouffer le nez !

Arthur resta choqué par les paroles de Violaine. La jeune fille n'était pas une tendre, elle ne l'avait jamais été. Mais jusqu'à présent, même s'il était tranchant, elle donnait simplement son avis, alors que là elle avait essayé de l'imposer. Et puis elle l'avait personnellement attaqué, lui… C'était nouveau, il n'aurait su dire ce que cela signifiait. Peut-être que, finalement, elle lisait vraiment dans les pensées ! Il ne parvint même pas à se faire sourire.

Enfin, ils arrivèrent au pied du *cerro*.

Nicolas sentit l'excitation monter. Jouer les James Bond, c'était vraiment génial ! Prenant son rôle au sérieux, il se glissa furtivement hors de l'antique funiculaire, caché parmi les touristes. Puis il se dissimula derrière un arbre et observa la terrasse, qui offrait effectivement un incomparable point de vue sur Santiago et les montagnes alentour. Des magasins de souvenirs et deux bars empiétaient sur l'espace avec des présentoirs de cartes postales et des chaises en plastique. Il y avait peu de monde à cette heure-ci. Aussi Nicolas repéra-t-il facilement Goodfellow sur l'un des bancs. Vêtu d'un ensemble léger de couleur beige, le visage abrité sous un chapeau, le vieil homme semblait profiter du majestueux panorama. Un premier bon point : Goodfellow ne leur avait pas posé de lapin. Mais Nicolas n'avait pas terminé sa mission. Il ferma les yeux. Lorsqu'il les rouvrit, le monde avait changé. Les apparences, formes, contours avaient disparu pour être remplacés par des taches de couleur, cernées de flou. Seule apparaissait l'essence des choses, une essence que nul mur n'aurait pu lui cacher. Nicolas balaya les environs de sa vision modifiée. L'époque lui semblait loin où il devait batailler pour passer d'un mode à l'autre ! Bon, il y avait eu le cafouillage de l'île de Santa Inés, mais ils étaient tous exténués et perturbés par l'attitude prostrée de Violaine. Ça ne comptait pas vraiment. Il mit du temps à traiter toutes les images qui lui parvenaient. Des hommes, *silhouettes rougeâtres*, dans les bâtiments, *derrière les parois bleutées*, ou sous les arbres du parc, *sur fond jaune*. Vérifier qu'aucune d'elles ne présentait d'attitude louche ou agressive, déceler la présence d'armes. Pour se dévoiler et aborder Goodfellow en toute sécurité, avec les autres.

Satisfait de son examen, il quitta le poste d'observation et retourna au funiculaire. Comme convenu, il accrocha discrètement un mouchoir blanc à l'avant de la rame prête à redescendre. Tout était en ordre. Ils pouvaient venir le rejoindre.

Le vieil homme se retourna en les entendant arriver.

– La vue est belle, Goodfellow ? attaqua Violaine sans préambule.

– Suffisamment pour attendre sans s'ennuyer, répondit-il avec naturel.

Un sourire naquit sur ses lèvres.

– Comment ça va, depuis la dernière fois ?

– On se débrouille, dit Nicolas. Et on ne s'ennuie pas non plus, grâce à vous. Ou bien à cause de vous. Et de votre carnet.

Goodfellow se tapa brusquement sur la cuisse, les faisant sursauter.

– Vous avez pu aller sur l'île ? J'en étais sûr, je le savais ! Alors ? s'enquit-il frémissant d'excitation. Dites-moi, racontez-moi !

– Plus tard, coupa sèchement Violaine avant que les autres aient pu dire quoi que ce soit. Vous allez d'abord nous expliquer pourquoi des espions vous surveillaient à Londres. Et quel est votre rôle dans cette histoire.

Goodfellow soupira. Les jeunes gens avaient posé leurs sacs et l'entouraient, debout, comme pour l'empêcher de s'enfuir. Mais ce n'était pas son intention. Ce n'était même plus du tout d'actualité. Il avait déjà sauvé sa conscience en les tirant des pattes des espions à Londres, puis sa carcasse en faussant compagnie à ses tourmenteurs. Pour s'échapper une dernière fois, une ultime fois, il n'aurait eu qu'à enjamber le parapet et se laisser tomber dans le vide. Ce qui était bien entendu hors de question : on n'abandonne pas une partie à l'approche de son dénouement…

– Londres, c'était un traquenard, lâcha-t-il. Et j'étais l'appât.

– Qui étaient les chasseurs ? demanda Violaine en le fixant, bras croisés.

– Je ne sais pas, répondit Goodfellow avec sincérité. Pas précisément. Des gros bras de la NASA, peut-être. Des Américains, en tout cas. Ils m'ont obligé à coopérer. Ils étaient sûrs que vous viendriez.

– Qui nous dit que vous n'êtes pas avec eux ? demanda Nicolas.

– Je vous ai sauvés à la pension, en vous indiquant la porte de derrière. Rappelez-vous.

– Ça pouvait très bien être un piège, asséna Violaine. Pour nous pister.

Goodfellow sembla soudain désemparé.

– Tout ce que je pourrais dire ne suffira pas à vous convaincre, souffla-t-il. Je vous demande juste de m'écouter. Vous ferez ce que vous voudrez ensuite.

– On vous écoute, monsieur Goodfellow, dit Arthur d'une voix calme qui contrastait avec la nervosité de Violaine.

– J'ai réussi à échapper aux hommes de la NASA pendant des années, commença le vieil homme sur le ton de la confession. La chance ne suffit pas à l'expliquer, encore moins les efforts dérisoires que j'ai pu déployer. En fait, quelqu'un me protégeait ! Parfois, je trouvais de l'argent dans ma boîte aux lettres, ou bien un passeport, l'adresse d'une nouvelle cachette. Toujours au bon moment. J'ai essayé, bien sûr, de découvrir qui avait intérêt à veiller sur moi. En vain. Je n'étais qu'un homme déchu, traqué, qui s'était débarrassé des documents qui auraient pu le rendre important. Mais cette protection tombée du ciel, j'en ai profité sans complexe. Et j'en profite encore !

Il se tut. Les jeunes gens attendaient la suite.

– Qu'est-ce que vous voulez dire ? le pressa Violaine.

– J'ai moi aussi faussé compagnie à mes gardiens, à Londres, expliqua-t-il. J'avais pris la précaution de cacher mes papiers et de l'argent dans une boîte aux lettres, à quelques rues de la pension. Lorsque j'ai voulu les récupérer, ils n'y étaient plus. À la place, il y avait une grosse enveloppe et, à l'intérieur, des passeports, une liasse de dollars et un billet d'avion. Pour le Chili. Il y avait une lettre, aussi. J'ai reconnu la prose de mon mystérieux protecteur. Celui-ci me demandait de vous venir en aide... Je sais, ça peut paraître fou mais je vous assure que c'est vrai ! Il me disait que c'était un moyen de payer ma dette à son égard. Sur le dos de l'enveloppe, il y avait votre adresse électronique... Voilà, vous savez tout. Je suis à Santiago depuis plus de deux semaines et je consulte ma messagerie trois fois par jour, dans l'espoir que vous me contactiez. Et que vous m'expliquiez ce qui se passe.

Un silence accueillit la dernière phrase de Goodfellow. Claire, Nicolas, Arthur et même Violaine, qui s'était enfin départie de son attitude hautaine, étaient stupéfaits...

Clarence tapotait de la main droite la tablette dépliée devant lui. Prenant ce geste machinal pour un appel, une hôtesse se présenta pour s'enquérir de ses besoins. Il en profita pour demander une bouteille d'eau, puis s'enfonça confortablement dans le fauteuil en prenant soin de ne pas brusquer son bras gauche, encore douloureux. Les premières classes étaient vides et cela lui convenait parfaitement. Rien de tel que le calme et la solitude pour réfléchir. Il récapitula dans sa tête les derniers événements.

Il était sorti du guet-apens de l'île de Santa Inés sans trop de casse ; un bras blessé par un éclat de rocher était peu cher payé ! Il avait fait le ménage, comme un bon nettoyeur, et avait récupéré le téléphone satellite de son ancien comparse, Agustin, qui n'en avait plus besoin où il se trouvait désormais : sous quatre-vingts centimètres de sable bien tassé. Dans la bataille, il avait perdu la trace des enfants. Seul le dieu des causes perdues aurait pu l'aider à les localiser, et encore ! Il n'avait donc pas cherché à les débusquer. On ne lève pas des fantômes... Il s'était plutôt intéressé au téléphone d'Agustin.

Grâce à l'aide du Grand Stratégaire, il avait réussi à en craquer les codes. Il avait ainsi découvert l'existence d'un certain Numéro 12, alias Rob B. Walker, général d'active de l'armée américaine, récemment transformé en hamburger trop cuit. Les deux affreux qu'il avait corrigés dans les toilettes de l'aéroport de Roissy étaient donc bien des agents de la sûreté militaire. Restait à savoir de qui le général Hamburger était la marionnette. Parce que, dans ce monde cruel, ce n'était jamais les marionnettistes qui brûlaient.

Clarence avait hésité. Sa seule piste sérieuse le conduisait aux États-Unis, à Washington. Très loin, vraisemblablement, des quatre gamins qui avaient en un temps record monopolisé toute son attention. Mais, il l'avait vérifié une fois déjà, on avait parfois plus de chance de parvenir jusqu'à eux par des voies détournées. Pour trancher dans le vif de son indécision, il avait sorti de sa poche le livre qui serait son nouveau compagnon de quête. Les *Préceptes de hussard* de Gaston de Saint-Langers, capitaine méconnu du Premier Empire, figuraient dans sa bibliothèque au panthéon des œuvres majeures. Il avait ouvert le livre au hasard. Quelques heures plus tard, il embarquait en direction de Santiago puis des États-Unis…

Quand la vue est bouchée, petit, prends ton cheval et grimpe sur une hauteur.

(Extrait de *Préceptes de hussard*, par Gaston de Saint-Langers.)

3

Committere se itineri : se risquer à un voyage

« Ici l'agent triple zéro. Je suis à mon poste, Madame M. Rien n'échappera à mon regard d'aigle, vous pouvez compter sur moi. Après tout, le contact est un vieillard sénile. Rien à voir avec l'attaque de la base secrète sur l'île de la Désolation où m'attendait Sourire-de-hyène, l'affreux agent de l'organisation des Vampires ! En ce moment même, je suis tranquillement caché derrière un pilier, équipé des lunettes à infrarouge et rayons X bricolées par le génial Q. Dès que la mission sera achevée, dites à Moneypenny de me préparer des tartines de Nutella et un chocolat chaud, non, au shaker, pas à la cuillère... » Ça, c'est le genre de délire que je me tapais quand j'étais môme. Bien obligé, j'étais tout seul, personne ne voulait jouer avec moi. Je faisais peur aux autres avec mes lunettes. Et pas qu'à mes copains. La fois où j'ai demandé pourquoi le papa de Rémi avait des vis en métal dans la hanche, alors que même sa femme l'ignorait, j'ai décroché le pompon. Pour me consoler, je me dis que James Bond aurait bien aimé avoir les mêmes lunettes que moi...

9 jours 4 heures 50 minutes avant contact.

– C'est bête, ironisa Nicolas, la surprise passée. On comptait justement sur vous pour les explications !

Goodfellow porta sur le garçon un regard pénétrant.

– Quand je parlais d'expliquer ce qui se passait, dit-il, je ne pensais pas à vous et encore moins à l'identité de mon protecteur. J'ai passé la moitié de ma vie à essayer de la découvrir, en vain. Je me doute bien que vous n'en savez pas plus que moi !

– Alors quoi ? cracha Violaine à nouveau offensive. Qu'est-ce que vous attendiez ?

Surpris par la virulence de la jeune fille, Goodfellow eut un mouvement de recul. Arthur décida que c'était le moment d'avoir une conversation avec Violaine. Sans lui laisser le temps de réagir, il prit son amie par le bras et l'entraîna plus loin.

– Tu peux me dire ce qui se passe ? commença-t-il en la regardant en face. Pourquoi tu es agressive comme ça ? Tu voles dans les plumes de ce pauvre homme qui a fait l'effort de venir jusqu'ici, tu nous fais à tous les gros yeux. Depuis notre départ de Punta Arenas, on dirait que tu en veux à la terre entière !

Arthur semblait vraiment fâché et Violaine se calma aussitôt.

– Je suis désolée, dit-elle avec une vraie sincérité dans la voix. C'est juste que… Je ne sais pas. Je m'emporte plus facilement qu'avant. Peut-être parce que j'en ai marre, aussi. Marre des mensonges, marre des intrigues, marre du temps perdu à courir derrière du vent. Je suis vraiment à cran, tu comprends ?

– Ce n'est pas en t'énervant que les choses iront mieux, la raisonna Arthur. Moi aussi je ressens ça, je suis fatigué d'être baladé à droite et à gauche. Mais il faut te reprendre ! Si tu craques, c'est la fin. Pour toi et pour nous.

Violaine hocha la tête.

– Ça va, j'ai compris. Je vais me maîtriser.

Arthur lui adressa un sourire de remerciement.

– Ne nous lâche pas, hein ? On a besoin de toi !

Elle esquissa en retour un sourire un peu forcé puis ils rejoignirent les autres qui les attendaient.

– Ce que j'essayais de dire, reprit immédiatement Goodfellow en fixant Violaine, c'est que je ne comprends pas ce qu'on attend de moi. Mon protecteur me demande de vous aider, soit. Je lui dois bien ça. Mais de quelle façon ? Vous me semblez beaucoup plus débrouillards que moi !

– Est-ce que ce protecteur vous a donné des passeports pour nous aussi ? demanda Arthur.

Goodfellow fit un signe affirmatif de la tête.

– Dans l'enveloppe, il y avait des papiers d'identité avec vos photos. Et de faux noms, bien sûr.

– Encore plus dingue ! s'exclama Nicolas.

– Vous seriez venu jusque-là pour nous donner des papiers ? dit Arthur sans y croire.

– Non, objecta Violaine en adoptant enfin une attitude constructive. Pas besoin de M. Goodfellow pour un simple travail de passeur. Ce type, le protecteur, il aurait très bien pu faire déposer les passeports dans un hôtel et nous transmettre les coordonnées par Internet.

– Et si M. Goodfellow possédait quelque chose d'autre qui nous serait utile ? avança Claire de sa voix ténue. Quelque chose qu'il serait seul à posséder ?

– À quoi penses-tu ? l'encouragea Nicolas.

– C'est vous qui nous avez donné le carnet et le livre de Marco Polo, dit-elle au vieil homme. Avec eux, nous sommes allés aussi loin qu'il était possible. Vous connaissez peut-être le moyen d'aller au-delà.

Goodfellow ne répondit pas tout de suite.

– Peut-être, jeune fille, peut-être, finit-il par reconnaître. Mais je ne sais ni où vous êtes allés ni ce que vous avez découvert. Ce serait plus facile de faire le tri parmi les informations que je possède si vous me racontiez votre aventure.

Arthur, Violaine, Claire et Nicolas se regardèrent furtivement.

– Allons nous asseoir au bar, proposa Arthur en désignant des chaises autour d'une table en plastique blanc, à l'écart. On sera mieux pour parler. Et puis on risque d'avoir soif…

Jackson, Wyoming – États-Unis.

Le petit homme rondouillard faisait les cent pas dans son vaste bureau, qui occupait une grande partie de l'étage. Un garde du corps, impassible, se tenait sur le balcon, à portée de vue mais hors de portée de voix. Les conversations qui avaient lieu ici réclamaient une discrétion absolue. Un autre garde, sur le perron, surveillait les escaliers. Dehors, un commando protégeait le ranch qui dressait ses murs de bois blanc dans la solitude de la campagne. Un paysage d'arbres fruitiers en fleurs et de prairies verdoyantes conférait au lieu de la sérénité et une grande douceur.

Majestic 3 était agacé. Il avait l'impression de tourner en rond dans l'affaire des « Quatre Fantastiques ». La collaboration de Majestic 7 aurait dû en toute logique la faire avancer plus vite. Or ce n'était pas le cas. Le dossier était au point mort. Les gosses restaient introuvables malgré les moyens déployés. Un soupçon avait même effleuré Majestic 3. À plusieurs reprises il lui avait semblé, en effet, que son homologue ne mettait pas le meilleur de lui-même dans cette opération. Qu'il s'amusait à la freiner. C'était une impression, bien sûr, mais elle était dérangeante. À quoi jouait donc Majestic 7 ?

Le petit homme sortit un mouchoir de sa poche et s'épongea le front. Il avait chaud malgré l'air frais pulsé par le climatiseur. Il avait tout le temps chaud. Il s'approcha d'une fenêtre et contempla les montagnes au loin. Il aimait venir ici pour se reposer, loin de l'agitation de ses fonctions officielles au Sénat et de celles, officieuses, au MJ-12. Ces moments étaient d'autant plus précieux qu'ils étaient rares. Dans quelques heures, un hélicoptère viendrait le chercher et le ramènerait dans les remous de la course du monde. Il retourna à son bureau. Il avait encore du travail et il voulait marcher au milieu des arbres du parc avant de repartir.

9 jours 3 heures 57 minutes avant contact.

Goodfellow se renversa dans sa chaise et siffla d'admiration. Le récit que venaient de faire les jeunes gens l'avait estomaqué.

– C'est incroyable ! Ainsi la commanderie templière de Santa Inés existe bel et bien ! Plus fort encore : vous avez pénétré à l'intérieur ! Vous êtes les premières personnes à le faire depuis presque sept cents ans, vous le savez ?

– Pas les premières, hélas ! déplora Arthur.

– D'accord, continua Goodfellow, les archives secrètes qui y étaient entreposées ont disparu. Mais vous avez vu les coffres ! C'est donc qu'elles étaient là. D'ailleurs, vous avez retrouvé celui qui les avait prises !

– Son héritier, précisa encore Arthur. Après, la piste s'arrête.

– Pas tout à fait, dit Violaine. On sait que Rolf Grierson, l'oncle d'Alfonso, a vendu les archives à des Américains. Des meurtriers qui se cachent sous le nom de Majestic.

Goodfellow resta songeur.

– Majestic est un nom qui ne m'est pas inconnu, finit-il par révéler. Mais je ne sais pas quoi en penser. On parlait beaucoup, à une époque, parmi les passionnés d'extraterrestres, d'un groupe occulte portant ce nom, constitué par le gouvernement pour dissimuler la vérité. Il s'est avéré plus tard que c'était un canular. Mais dans ce milieu, il a toujours été très difficile de distinguer le vrai du faux. Peut-être que Majestic a existé, et même qu'il existe encore. Comment savoir ?

– Une fois de plus, soupira Claire, la piste que nous croyions tenir ne nous mène pas à grand-chose.

– Bah ! dit Goodfellow, le plus important, pour l'instant, c'est que vous soyez sains et saufs. Vous avez eu beaucoup de chance !

Violaine, Arthur, Claire et Nicolas ne s'étaient pas étendus sur les circonstances exactes de leur enlèvement et de leur fuite. Ils avaient insisté sur leur capture, leur détention et avaient inventé des dissensions parmi leurs ravisseurs pour expliquer une confusion propice à leur évasion. Ils avaient également volontairement omis de signaler l'existence de Clarence, leur propre protecteur, qui était d'ailleurs peut-être mort comme Agustin l'avait dit. Mais Agustin aimait mentir. Ils n'avaient pas non plus relaté leur confrontation avec le vampire, encore moins son issue. Cependant, ils étaient d'accord avec Goodfellow : d'une certaine manière, ils avaient eu de la chance.

– Alors ? interrogea Nicolas.

Goodfellow était perdu dans ses pensées. Il en sortit en secouant la tête d'un air malheureux.

– Nous avons bien avancé mais ce n'est pas suffisant, hélas ! Il manque des éléments concrets. De quoi suivre une piste cohérente.

Les quatre jeunes gens affichèrent clairement leur déception.

– Peut-être qu'on a oublié des détails, dans notre récit ? suggéra Claire en lançant un regard pénétrant à ses amis.

Arthur se rembrunit. Devaient-ils tout raconter ?

Est-ce que leurs peurs et leurs souffrances allaient brusquement, comme un mécanisme secret, déclencher une ouverture dans le mur contre lequel ils se cognaient une fois encore ? À cette image, les parois de la grotte des Templiers apparurent machinalement dans son esprit. Puis une idée le traversa. Un détail, comme l'appelait Claire, s'imposa à lui et sembla tout à coup important.

– Dans la grotte, commença-t-il, il y avait des symboles sculptés.

– Quel genre de symboles ? demanda Goodfellow en se penchant vers lui.

– Des croix templières. Vous savez, celles à huit pointes.

– Ah oui ! fit-il déçu. On en trouve fréquemment sur les bâtiments templiers.

– Il y avait aussi un autre signe, continua Arthur. Je ne l'avais jamais vu avant.

– Je m'en souviens ! s'exclama Nicolas. Tu nous l'as montré : c'était trois carrés l'un dans l'autre, concentriques, unis entre eux par quatre lignes droites perpendiculaires.

Le garçon dessina le symbole par terre avec un morceau de bois mort. Les mains de Goodfellow se mirent à trembler légèrement.

– La triple enceinte, murmura-t-il. Le symbole templier par excellence.

– Il symbolise quoi ? demanda Nicolas.

– Le temple de Salomon, les secrets de l'initiation druidique, les trois ordres de la société… On ne sait pas trop. Le propre des symboles, c'est de pouvoir signifier beaucoup de choses !

– Et pour nous, monsieur Goodfellow, il signifie quoi ? dit Claire qui sentait le vieil homme particulièrement troublé.

– Peut-être l'élément qui nous manquait pour continuer.

– Expliquez-vous, dit Violaine en fronçant les sourcils.

– Ce symbole est à la fois plus rare et plus éloquent que celui de la croix de l'Ordre. Autant la croix est volontiers arborée à la face du monde, autant la triple enceinte est réservée aux initiés...

– Donc ?

– Donc, les lieux templiers marqués de ce symbole occupent une place particulière dans la géographie de l'Ordre. Mais ils se situent essentiellement en Europe et en Terre sainte. Or il se trouve que j'ai également vu cette triple enceinte ailleurs, en un lieu beaucoup plus inhabituel...

– Où ça ? demanda Nicolas frémissant de curiosité.

– Aux Philippines. C'était il y a de nombreuses années, mais j'étais déjà passionné par l'histoire des Templiers. C'est pour cela que la découverte de ce symbole gravé sur une pierre, dans cet endroit parfaitement incongru, m'avait marqué...

Aéroport de Manille – Philippines.

Jack la Belette cessa la filature du couple de touristes lorsque celui-ci monta dans la berline dépêchée par un grand hôtel de la ville. Il avait senti quelque chose de suspect chez ce couple. Pas assez cependant pour continuer lui-même la traque et quitter son poste. Il disposait d'informateurs dans les principaux hôtels de Manille. Il revint donc sur ses pas tout en donnant par téléphone des consignes au sujet du couple suspect. Une bonne chose de faite. Il sifflota et fit jouer ses muscles sous la chemisette hawaïenne qu'il affectionnait.

Il aimait ce boulot, renifler les embrouilles, démasquer les curieux, filtrer les infiltrés ! Les terminaux de l'aéroport étaient son lieu de travail. Majestic 2 le payait très cher pour ses intuitions et pour son total manque de scrupules lorsqu'il s'agissait de faire disparaître les dangers potentiels. Le Sanctuaire devait être protégé et lui, Jack, comme les autres « belettes » chargées du sale boulot par l'organisation, était en première ligne.

Il posa au sol son sac de voyage factice et s'adossa à un pilier. Puis il sortit une cigarette de sa poche et reprit sa surveillance patiente.

9 jours 3 heures 41 minutes avant contact.

La révélation du vieil homme jeta un froid. L'idée semblait si absurde qu'ils se demandèrent si Goodfellow n'était pas brusquement devenu fou.

– Qu'est-ce que les Templiers seraient allés faire aux Philippines ? s'étonna Violaine.

– Les Templiers semblent aimer les lieux secrets, confirma Arthur. Mais là, c'est quand même pousser un peu loin, non ?

Le sourire de Goodfellow s'élargit. Il semblait à présent beaucoup plus sûr de lui.

– Jamais trop loin avec les Templiers ! Les choses sont à présent lumineuses, les enfants. Marco Polo ! C'est Marco Polo qui détient une fois encore la torche qui éclairera notre route !

Violaine leva les yeux au ciel mais se pencha avec les autres vers le vieil homme pour mieux entendre ce qu'il avait à leur dire.

Goodfellow prit une inspiration et cita de tête un extrait du *Devisement du monde* :

– « C'est dans le passage, à l'ouest, au creux d'une île en forme de chameau, que se trouve une forteresse particulière qui bénéficie de toutes leurs attentions et qui abrite une grande fortune. » Cette forteresse, vous l'avez trouvée, tout comme les coffres, symboles de cette grande fortune. En ce cas, on peut penser que la fin du chapitre 198 est également vraie !

– « Il y a aussi, dit-on, loin vers l'ouest quand on a traversé le monde, tout au bout du deuxième océan, une construction tecpantlaque admirable érigée au cœur d'un chapelet d'îles connues sous le nom de Vijayas », récita à son tour Arthur.

– Exactement ! s'exclama Goodfellow. Ces îles sont faciles à situer : il s'agit des Visayas, anciens comptoirs fondés par des ressortissants de l'Empire javanais de Sri Vijaya, qui font aujourd'hui partie des Philippines !

– Alors les Templiers seraient bien allés jusqu'aux Philippines ? s'étonna Nicolas. On trouvait que l'Amérique, c'était déjà pas mal !

– Pourquoi seraient-ils allés aussi loin, et par l'ouest ?

dit Arthur. C'était une sacrée aventure pour les vaisseaux de l'époque !

– C'est justement la question, répondit Goodfellow. Pourquoi ? L'explication est toute simple : et si un autre trésor dormait là-bas ? Je veux dire : toutes les archives secrètes du Temple n'étaient peut-être pas à Santa Inés ! Les Templiers étaient prudents, ils ont pu ne pas mettre tous leurs œufs dans le même panier. Je suis stupide de ne pas avoir fait le lien plus tôt. J'étais focalisé sur Santa Inés et l'Amérique. Mais des réponses nous attendent également aux Philippines ! La « construction tecpantlaque admirable » nous livrera ses secrets ! Il faut absolument que nous nous rendions sur place.

– Votre commentaire attire deux remarques, lança laconiquement Violaine. La première : on s'emballe à partir d'un symbole que vous avez vu sur un vieux mur il y a des années, d'un bout de texte de rien du tout et surtout de nombreuses suppositions ! La seconde : j'ai bien entendu un « nous » ?

– Tu ne crois quand même pas que je vais rater cette occasion ? ricana Goodfellow. J'ai déjà manqué la visite de Santa Inés ! Et puis vous aurez besoin de moi : je suis le seul à pouvoir vous mener à l'endroit où j'ai vu le symbole. Enfin, je connais bien les Philippines, j'y ai séjourné pendant ma cavale.

– C'est grand, les Philippines, lâcha Arthur après un temps de silence. Les Visayas aussi. Marco Polo n'a pas laissé beaucoup d'indications. Comment être sûr qu'il n'y a pas plusieurs bâtiments portant le symbole de la triple enceinte ?

– Tu as raison, acquiesça Goodfellow. Une recherche digne de ce nom ne se fait jamais par défaut ! Mais maintenant que, grâce à vous, le voile de ma stupidité est déchiré et le fil des évidences renoué, nous pouvons chercher de l'aide ailleurs. J'appelle pour prendre le relais de Marco Polo un autre explorateur : Fernand de Magellan.

Ils ouvrirent grand leurs oreilles, subjugués presque malgré eux par les talents de conteur du vieil homme.

– Magellan naît en 1480, noble et portugais. C'est d'abord un soldat, puis, à partir de 1505, un marin, qui participe à toutes les campagnes des Indes orientales. En fait, c'est surtout un aventurier aux visées très personnelles. En 1511, il perd son grade d'officier pour s'être cru seul maître à bord. En 1513, il disparaît au cours d'une bataille contre les Maures, au Maroc. En 1517, tombé en disgrâce à la cour de Manuel Ier pour d'obscures raisons, Magellan quitte le Portugal pour l'Espagne et se met au service de Charles Quint. J'abrège, je suis désolé, mais l'important vient après ! Magellan, en effet, soumet au jeune roi le projet d'ouvrir une nouvelle route des épices par l'ouest. Ce dernier est emballé et accepte de financer l'expédition. Voilà pour la version officielle. Mais il y en a une autre : Magellan aurait mis la main sur une vieille édition du *Devisement du monde* et sur une copie de la carte cédée au roi du Portugal par les Templiers.

– Vous en parlez dans votre carnet ! le coupa Arthur.

– Manuel Ier réagit assez mal à la trahison de Magellan. Il tente d'empêcher ce voyage par voie diplomatique d'abord, puis militaire en envoyant deux flottes intercepter l'expédition. Elles échouent. Magellan, lui, ne se contente pas de l'appui de Charles Quint. Il peut aussi compter sur l'évêque Juan de Fonseca et le riche marchand Cristobal de Haro. En échange de quelles promesses, de quels secrets ? De quelles richesses ? Bref, l'expédition lève les voiles le 20 septembre 1519. Cinq navires, deux cent trente-sept hommes d'équipage pour un périple sans doute fondé sur « un bout de texte de rien du tout », comme tu l'as dit tout à l'heure, Violaine.

La jeune fille ne releva pas.

– Trois mois plus tard, le 13 décembre, les bâtiments atteignent la baie de Rio de Janeiro. La côte brésilienne est sous contrôle portugais. Rien d'étonnant quand on connaît l'histoire américaine des Templiers ! Magellan aurait sûrement voulu voir de ses propres yeux les fortins tecpantlaques, mais les Portugais sont vigilants et le navigateur est contraint de descendre au sud, sur la côte de la Patagonie argentine, pour hiverner. C'est là qu'il aperçoit les premiers Tehuelches, Indiens de grande taille qui lui font instantanément penser aux « géants idolâtres vêtus de peaux de bête » évoqués par Marco Polo. Il comprend qu'il est sur la bonne voie et il se montre d'autant plus impitoyable en réprimant les mutineries qui se succèdent. Après la perte d'un premier navire égaré au cours d'une reconnaissance, Magellan trouve enfin le fameux passage des Tecpantlaques qui permet de passer d'un océan à l'autre. Il s'y engage en octobre 1520. Là, dans le dédale des fjords, entre les récifs et les hauts-fonds, il tente vainement de découvrir la « forteresse abritant une grande fortune » laissée par les Templiers. Un mois de recherche qui lui coûte encore deux navires. Finalement, il abandonne ces eaux sinistres et fait voile vers son but véritable : les îles Vijayas et la « construction admirable » des mêmes Tecpantlaques. Il y parvient le 28 mars 1521, au prix de grandes souffrances. Il débarque d'abord, par erreur, à Samar, puis gagne l'île de Cebu, au cœur des Visayas actuelles. Là, il se lie avec le rajah Humabon qui se convertit rapidement au catholicisme. Commence alors une conquête systématique des îles avoisinantes, comme si l'explorateur cherchait quelque chose de précis. C'est sur celle de Mactan que Magellan trouve la mort, le 27 avril 1521, tué par des indigènes. Après ça, l'histoire de l'expédition perd de son intérêt, pour nous en tout cas.

– C'est à Mactan que vous avez vu le symbole ? demanda Violaine, impressionnée malgré elle par cette leçon d'histoire venue éclairer le présent, leur présent.

– À Cebu, corrigea Goodfellow, juste à côté. Alors ? Partants, les enfants ?

– Ouais, dit Nicolas la mine grave. Moi en tout cas, je suis partant !

– Tu es partant pour tout, de toute façon, commenta Claire en souriant. Ce n'est pas ce qu'on te demande : est-ce que l'histoire de M. Goodfellow te paraît convaincante ?

– De toute façon, répondit le garçon en haussant les épaules, on nage depuis le début en plein délire. Les Templiers par-ci, les Templiers par-là ! Bientôt, on apprendra que ce sont aussi les Templiers qui m'ont fait renvoyer de l'école !

Un fou rire s'empara des jeunes gens et du vieil homme, balayant la tension accumulée pendant ces heures de discussion. L'affaire était entendue. Une nouvelle complicité venait de naître sur les hauteurs de Santiago.

Il faut, pour mieux comprendre l'ampleur du mystère Magellan, s'attarder un moment sur Enrique de Malacca. De son vrai nom Panglima Awan, c'est un esclave que Magellan acheta pendant son séjour dans les Indes orientales. De toute évidence, l'homme était originaire des Philippines actuelles, vraisemblablement des Visayas puisqu'il servit plus tard d'interprète auprès du roi de Cebu, Humabon.

Panglima, ou plutôt Enrique, accompagna son maître Magellan partout pendant près de dix ans, au Portugal, en Espagne et même sur la *Trinidad*, navire amiral de l'expédition.

Certains y verront un hasard. D'autres penseront avec stupeur que l'incroyable explorateur avait préparé depuis le début l'expédition de sa vie. D'autres enfin se diront que l'on ne déploie pas tant d'efforts pour de simples perspectives commerciales et regretteront que le coup de sagaie sur l'île de Mactan ait peut-être privé le monde de révélations plus stupéfiantes encore que la possibilité d'un tour du monde…

(Extrait de *Tisseurs d'histoires*, par Eusèbe Gustave.)

4

Convivii dicta, orum, n. pl. : propos de table

C'est étrange comme le temps, que l'homme croit avoir enfermé dans toutes sortes de mécanismes d'horlogerie, reste une entité vaporeuse, intangible et illusoire ! Une minute de bonheur et une minute de souffrance ont-elles la même durée ? Une heure vécue éveillé vaut-elle une heure passée endormi ? Je pense souvent, le cœur serré, à ces années gaspillées de l'enfance, quand on se croit riche encore d'une vie à venir. Aujourd'hui que le compte à rebours est lancé, je maudis les heures perdues à attendre. C'est la vraie différence entre l'homme et ses dieux : un dieu a tout son temps pour exister. Il ne reste à l'homme, pour la même chose, qu'à se jeter follement dans le peu de temps qui lui est imparti…

9 jours 1 heure 2 minutes avant contact.

Suivi par ses jeunes amis, Goodfellow entra dans l'hôtel de béton rose fuchsia où il avait établi ses quartiers, en plein cœur du secteur tranquille et ombragé de Lastarria.

– Tu sais, dit Nicolas à Arthur tandis qu'ils pénétraient dans le bâtiment : je crois que Violaine en pince pour toi.

Arthur haussa les épaules tout en vérifiant que la jeune fille n'était pas à portée de voix.

– Qu'est-ce que tu racontes ? Et d'abord, qu'est-ce que tu en sais ?

Nicolas se tapota le bout du nez.

– Le flair, vieux, le flair !

– Tu délires. Tu as vu comment elle me parle ? On dirait que je l'énerve rien que d'être là. Tu devrais te remettre à lire de la poésie, ça te faisait du bien !

– Et toi tu rougis ! Ça veut dire que tu voudrais, en fait, que je dise la vérité !

– Ce n'était pas la vérité, là ?

– Je n'ai pas dit ça. J'ai dit que Violaine en pinçait pour toi et tu as fait semblant d'être blasé, alors qu'en réalité toi aussi tu en pinces pour elle ! Je me trompe ?

– Tu sais quoi, Nicolas ? À la réflexion, le monde dans lequel vit Claire me paraît moins bizarre que le tien...

La petite bande s'appropria immédiatement l'appartement. Les filles se précipitèrent dans la salle de bains tandis qu'Arthur et Nicolas se jetaient sur les sandwichs que Goodfellow avait commandés au bar en passant.

– J'avais oublié que l'on a faim tout le temps quand on est jeune ! dit Goodfellow amusé.

Il refusa d'un geste l'assiette que lui tendit Arthur.

– À mon âge, on a faim et soif d'autre chose.

– Pourquoi vous ne commandez pas ce que vous aimez, alors ? s'étonna Nicolas.

Le vieil homme rit franchement.

– Je ne parlais pas de nourriture ! Je pensais à des choses plus abstraites, s'adressant à l'âme plus qu'au ventre. Comme la vérité, par exemple.

– Il n'y a pas d'âge pour avoir faim de vérité, monsieur Goodfellow, objecta Arthur.

– Tu as raison, mon garçon, tu as sacrément raison ! Malheureusement, cette faim devient plus pressante quand on vieillit, parce qu'on manque de temps pour l'assouvir…

– C'est agréable de se sentir propre ! dit Claire en secouant ses cheveux pour les faire sécher tandis qu'elle rejoignait Violaine dans la chambre.

– C'est surtout agréable d'être de nouveau en piste, ajouta Violaine. Même si le coup des Philippines, je ne le sens pas. Enfin, c'est mieux que rien. Cette histoire, elle ne pouvait pas s'arrêter comme ça, à Punta Arenas, Paris ou Santiago, dans un cul-de-sac, quoi !

– Pourquoi tu ne le sens pas ?

– Le plan de Goodfellow repose sur trop de si et de peut-être. Qu'est-ce qu'on nous demande de croire, cette fois ? Les allégations d'un vieil homme et des suppositions historiques. Je trouve ça hasardeux. Foireux, si tu veux le mot exact qui me vient à l'esprit !

– Et lui ? Son… dragon, risqua Claire après une hésitation, il t'inspire quoi ?

– Mon instinct me dit, en revanche, qu'on peut se fier à lui, éluda Violaine. Mais si je me trompe, si c'est un piège, il le payera cher, crois-moi !

Quand les deux filles rejoignirent leurs amis, le regard d'Arthur se posa automatiquement sur Violaine. Il s'en rendit compte et s'en voulut.

– Eh bien, soupira-t-il, il ne manque qu'une chose pour que tout soit parfait : pouvoir fermer les yeux…

– Tu vas avoir le temps, dit Goodfellow en posant le téléphone. Je viens de réserver nos billets : nous partons demain pour les Philippines. Le trajet sera long, il faudra faire escale à Toronto et à Hong Kong. Mais si on veut éviter les États-Unis et l'Europe, où les aéroports font sûrement l'objet d'une surveillance particulière, on n'a pas le choix !

– Vous pensez vraiment que c'est à ce point ? soupira Claire.

– J'ai l'habitude d'être traqué, ma fille. Mieux vaut toujours s'attendre au pire.

– Moi ça ne me changera pas, dit Violaine. Je m'attends toujours au pire.

« Nous aussi, chère Violaine, depuis quelque temps », pensa très fort Arthur. Puis il s'adressa à Goodfellow :

– J'ai réfléchi à ce que vous nous avez dit, pendant la descente dans le funiculaire.

– Je t'écoute, Arthur, répondit le vieil homme en tournant vers lui un regard attentif.

– On va commencer nos recherches dans la ville de Cebu…

– Tout à fait, acquiesça-t-il vigoureusement. C'est là-bas que j'ai vu le symbole de la triple enceinte, sur l'un des vestiges espagnols. Ce qui semble logique puisque nous suivons Magellan et que c'est à Cebu qu'il a débarqué, plantant une croix le 4 avril 1521 pour marquer la conversion au christianisme du chef Humabon. Qu'est-ce qui te dérange ?

– Rien, se défendit Arthur. Mais je pense qu'on devrait également s'intéresser au parcours de Miguel Lopez de Legazpi, le chef de l'expédition espagnole de 1565 aux Philippines, qui s'est, comme par hasard, précipité lui aussi dans les Visayas pour s'en rendre maître…

– Et bien ? le coupa Goodfellow. L'aventure de Legazpi vient renforcer nos suppositions ! Lui aussi s'est installé à Cebu !

– Et il a laissé des trucs, du genre de ceux de Magellan ? demanda Nicolas.

– Legazpi a surtout laissé un fort, dit Goodfellow, le fort San Pedro. Mais les lieux historiques se trouvent tous dans le même quartier.

Arthur s'apprêtait à reprendre la parole, mais devant l'enthousiasme et l'assurance du vieil homme, il renonça. Il aurait bien le temps de confier à Goodfellow ce qui lui trottait dans la tête.

– Donc, résuma Violaine, si j'ai bien compris, on grattouille et on farfouille au milieu de tous ces vestiges à la recherche d'un symbole laissé par des types morts il y a quatre cents ans, un symbole découvert récemment par M. Goodfellow. Et ensuite ?

– Je me trompe où je sens chez toi une légère ironie, teintée d'un soupçon de doute ? se moqua Nicolas.

– Sens ce que tu veux, répondit-elle en haussant les épaules. Mais je ne comprends pas très bien à quoi ce symbole peut nous conduire. Les Templiers auraient laissé un lieu de la taille de celui de Santa Inés dans une ville comme Cebu, sans qu'on l'ait jamais découvert ?

– Tu n'as pas tout à fait tort, reconnut Goodfellow qui semblait malgré tout extrêmement confiant. Mais ce lieu doit être plus petit ou encore plus secret que l'autre ! Ou alors, nous trouverons les indices nécessaires pour remonter jusqu'à la véritable « construction tecpantlaque admirable ».

Violaine n'ajouta rien mais fit une moue particulièrement expressive.

– Des indices je ne sais pas, reprit Nicolas sur un ton cette fois désabusé. Mais des ennuis, ça, je peux le prédire sans risque d'erreur !

Clarence marchait sans se hâter sur le trottoir de la 9e Avenue. La ville de Washington lui était familière. Il avait donné rendez-vous à son contact dans un bar bien américain, aux portes de Chinatown et à proximité de l'International Spy Museum. Le musée de l'Espionnage international. Il avait trouvé ce clin d'œil amusant ! Tout en marchant les mains dans les poches, respirant l'atmosphère printanière, il constatait à quel point un Européen débarquant aux États-Unis pouvait se sentir déphasé. Même lui, qui avait pourtant l'habitude de ces sauts culturels, s'était senti moins dépaysé dans l'univers halluciné de la Patagonie. Il y avait ici quelque chose de dérangeant dans la démesure, et surtout dans la façon dont l'homme s'était approprié cette démesure, sans humilité, de façon sans gêne et grossière.

Clarence poussa la porte et pénétra dans l'établissement. La décoration jouait avec le chrome et le Formica blanc pour donner une atmosphère très années 1970. Il repéra immédiatement, seul à une table et se mordant l'intérieur de la joue, un homme massif d'une quarantaine d'années qui arborait une belle barbe rousse et un coûteux blouson en cuir. John Graham était déjà arrivé. Pas étonnant, la perspective d'empocher dix mille dollars incitait à l'exactitude ! John Graham était pompier quand il n'était pas en civil. Comme tous les pompiers, il lui arrivait d'éteindre des incendies, de sauver les chats des grands-mères et de sortir les cadavres des voitures. Parfois même des cadavres de généraux.

– Clark Kent, dit Clarence en lui tendant la main.

– Sans blague ! Vous n'avez pas trouvé autre chose ?

– Ah ! Vous avez remarqué ? Ça me soulage ! Vous n'imaginez pas à quel point je suis déçu d'ordinaire par la réaction des gens quand je balance ce nom.

Clarence s'exprimait sans le moindre accent. Il prit place à table avant même que Graham le lui propose. Le colosse se tortilla sur son siège.

– C'est pas votre vrai nom, hein ?

– Évidemment, répliqua Clarence sèchement. Mais on s'en fout tous les deux, n'est-ce pas ? On n'a pas besoin de nom quand on vient avec dix mille dollars ! J'espère par contre que vous n'avez pas oublié mon enveloppe. Et qu'elle est complète. Parce que moi, je connais votre nom. Et je sais qu'il est vrai.

Le ton avec lequel il prononça les deux dernières phrases fit pâlir son interlocuteur.

– Rassurez-vous, monsieur Kent, se hâta de dire Graham en posant sur la table une grande enveloppe brune. C'est tout ce qu'il y avait dans la mallette. Je vous jure !

Clarence prit l'enveloppe et l'ouvrit. Elle contenait deux minces dossiers. L'un était noir et rassemblait des notes, essentiellement manuscrites. Elles étaient signées par Rob B. Walker et ressemblaient à des comptes rendus d'enquêtes. À plusieurs reprises, Clarence remarqua la mention : MJ-12. Il referma le premier dossier, pensif. Deux mots étaient inscrits sur la couverture rouge du second : « Quatre Fantastiques ». À l'intérieur, des documents divers mais précis concernaient les renardeaux.

– C'est ce que vous vouliez ? demanda anxieusement Graham.

Clarence hocha distraitement la tête.

– Quelqu'un d'autre sait que vous possédez ces documents ?

Le colosse s'insurgea vigoureusement.

– Je l'ai déjà dit à vos amis ! Mes collègues étaient trop occupés avec le corps. C'était pire après que la voiture et le camion ont pris feu ! J'ai trouvé la mallette sur le trottoir, à moitié ouverte. Éjectée par le choc. Je l'ai prise sans réfléchir et je l'ai mise dans la camionnette, en me disant que je la donnerais plus tard aux flics. Et puis j'ai oublié de le faire, dans l'attente d'une opportunité comme celle-là.

– C'est un oubli qui vous rapporte cinq mille dollars, commenta Clarence en lui tendant une enveloppe.

– Mais on avait dit… s'offusqua Graham avant de se tasser sur son siège, cloué par le regard pénétrant de Clarence.

Clarence sortit une deuxième enveloppe de sa poche et continua, imperturbable.

– Et voici cinq mille autres dollars pour un second oubli : vous ne nous avez jamais vus, ces documents et moi. Est-ce que c'est clair, John Graham ?

Le pompier acquiesça vigoureusement en déglutissant avant d'empocher l'argent. Pour ce prix-là, il était prêt à bien des choses. Mais surtout pas à mettre en colère l'homme qu'il avait en face de lui.

Clarence glissa les dossiers dans son sac et quitta le café. Le MJ-12 ! Si c'était bien ce à quoi il pensait, c'était plus grave que prévu. Il était pressé de contacter son *big brother* personnel. Le Grand Stratégaire avait défriché pour lui le terrain autour du meurtre déguisé de Rob B. Walker. Ses hommes avaient même débusqué ce Graham. Non, son frère était trop impliqué pour faire machine arrière. Il lui dirait ce qu'il voudrait savoir.

Arlington, Virginie – États-Unis.

Dans les sous-sols du Pentagone, onze personnages portant un masque blanc étaient réunis autour d'une grande table rectangulaire. L'un d'eux faisait son rapport aux autres qui l'écoutaient avec attention. Sauf peut-être Majestic 3, perdu dans des pensées moroses. Son tour allait venir et il n'avait rien de bon à annoncer…

– Merci, Majestic 9, l'assemblée est satisfaite, dit Majestic 1 avant de se tourner sur sa gauche. Écoutons maintenant Majestic 3, en charge du dossier « Quatre Fantastiques ».

– Comme vous le savez, commença le petit homme en se levant, la voix étouffée par son masque, nous avons perdu la trace des enfants au Chili. Grâce à nos réseaux, nous avons pu retracer une partie de leurs faits et gestes. Il est à présent certain qu'ils se sont mis en quête des archives Grierson.

Des murmures se firent entendre autour de la table. Majestic 3 attendit qu'ils cessent avant de reprendre.

– Évidemment, cette quête ne peut les conduire nulle part. Leurs traces, en tout cas, s'arrêtent à Punta Arenas. Malgré nos efforts, nous ne savons pas où ils se trouvent en ce moment. Au Chili, vraisemblablement. Nous maintenons en effet une surveillance maximale dans les aéroports et une chose est sûre : ils n'ont pas encore pris l'avion.

– Avez-vous au moins des nouvelles de Goodfellow ? demanda Majestic 1 que l'on sentait contrarié.

– Hélas ! pas la moindre, avoua Majestic 3 en secouant la tête.

– Permettez, cher collègue, que je nuance cette affirmation, intervint Majestic 7.

Les regards de l'assemblée se portèrent sur l'homme d'un certain âge qui venait de prendre la parole. Majestic 3 était sidéré. Que signifiait cette intervention ? Majestic 7 n'était-il pas son partenaire ?

– Goodfellow a pris l'avion sous une fausse identité, il y a deux semaines de cela, révéla Majestic 7 d'une voix calme. Pour Santiago.

– Excellent ! dit Majestic 1. Voilà qui nous remet en piste. Trouvez Goodfellow, Majestic 3, et vous aurez les enfants.

Majestic 3 salua sèchement du buste et se rassit, ulcéré. Comment Majestic 7 avait-il pu lui faire ça ? Il venait de le ridiculiser. Pire, au lieu de jouer le jeu et de se comporter en équipier, il utilisait ses propres informations dans un but personnel. Lequel ? Ça sautait aux yeux : devenir Majestic 6, peut-être même 5 ! Mais pour cela, il faudrait son aval, et il n'était pas près de l'accorder avant une sévère mise au point.

Majestic 5 profita du désordre pour se lever. Dominant l'assemblée de sa haute taille, il demanda la parole.

– Nous vous écoutons, Majestic 5, approuva le maître de l'assemblée. Avez-vous du nouveau sur nos mystérieux adversaires ? Je dois avouer que cette affaire est celle qui me préoccupe le plus.

– Justement, répondit Majestic 5 de sa voix rauque. Contrairement à mes deux collègues, j'avance à grands pas dans la mission qui m'a été confiée. Je vous demande l'autorisation de convier à la prochaine réunion un homme qui a des révélations à faire. Et qui pourrait éventuellement prétendre à tenir le rôle du douzième Majestic !

– Autorisation accordée, dit Majestic 1 après avoir recueilli le sentiment général.

« C'est le bouquet ! songea amèrement Majestic 3. Quelle soirée ! Une autre séance de cette sorte et Majestic 1 se demandera sans rire pourquoi je suis encore numéro 3… »

D'où nous vient cette obsession, cette fascination pour les théories du complot qui fleurissent spontanément après chaque événement important ? Une princesse meurt dans un accident alors que son chauffeur était saoul : complot. Un président est tué par un déséquilibré : complot. Deux tours s'effondrent comme des châteaux de cartes après avoir été percutées par des avions : complot. Des sommités scientifiques jurent leurs grands dieux que les ovnis sont une farce : complot.

Facile ! Et difficile de démêler le faux du vrai. Car crier au complot permet aussi de masquer le complot quand il existe. Un chauffeur saoul, d'accord ; mais quelqu'un l'a-t-il saoulé, et pourquoi ? Un déséquilibré, soit ; mais était-il manipulé, et qui y avait intérêt ? Des avions dans des tours trop molles, peut-être ; mais les a-t-on laissés faire, voire aidés, et dans quel but ? Les ovnis, une farce, certes ; mais pourquoi tant d'insistance pour en convaincre les gens ?

Alors les uns crient au scandale, au n'importe quoi tandis que les autres voient des manipulations derrière le moindre incident. Et les comploteurs potentiels se frottent les mains.

D'un côté, il y a nos contemporains, dépassés par la course du monde, pour qui donner du sens aux événements devient un besoin vital. De l'autre se trouvent des manipulateurs aux visées lointaines ou immédiates, au-dessus de la morale et des lois pour parvenir à leurs fins…

(Extrait d'*Enquêtes occultes*, par Kevin Brender.)

5

Sollicito, as, are : ébranler, troubler, inquiéter

Je rêve beaucoup en ce moment. Des rêves étranges que je ne faisais pas avant. Pas des cauchemars, non, comme ceux qui assaillent cette pauvre Violaine. Des rêves, de vrais rêves éveillés, ceux qui sont si perturbants qu'on ne sait pas si ce qu'on vient de vivre s'est réellement passé. La dernière fois, j'ai rêvé que je marchais avec mes amis dans une rue, quelque part. Je marchais et je perdais consistance. Mes bras, mes jambes, mon corps tout entier devenaient peu à peu transparents comme du cristal. J'étais la seule à m'en rendre compte mais je disparaissais. Je devenais de plus en plus légère. Le cristal de mes jambes se changeait en brume. La conversation de mes amis s'estompait, s'éloignait. Je m'évaporais, comme de la rosée au soleil du matin…

8 jours 4 heures 11 minutes avant contact.

Claire sentit immédiatement que les choses allaient dégénérer…

Violaine était sur les nerfs depuis leur départ de l'hôtel. Enfin, plus encore que d'habitude. Goodfellow et les garçons avaient dormi dans le salon, laissant la chambre aux filles. Claire avait entendu son amie bouger toute la nuit et gémir continuellement dans son sommeil. Elle avait hésité plusieurs fois à la réveiller puis avait renoncé. Certains rêves laissent moins de traces quand on les vit jusqu'au bout. En se levant, Violaine n'avait adressé la parole à personne, se contentant de plonger le nez dans son bol et de grogner pour répondre aux questions. Elle avait bouclé son sac la première et couvert les traînards de regards désapprobateurs. Le chauffeur du taxi qui les emmenait à l'aéroport avait ensuite eu la mauvaise idée de la complimenter sur ses jolis yeux. Claire avait senti son amie à deux doigts de l'étrangler. Alors maintenant, les douaniers qui s'étaient mis en tête de fouiller leurs bagages de cabine après le passage aux rayons X, c'était la goutte d'eau qui allait faire déborder le vase. Claire le savait. Et elle le redoutait.

– *¿ De donde venis, lolas ?* commença le plus jeune en s'adressant aux deux filles avec un sourire ravageur.

– Arrête ton baratin, fouille-merde, dit Violaine entre ses dents. Tu te crois irrésistible avec ta tronche de premier de la classe ?

Le douanier ne comprenait pas le français mais le ton de la jeune fille était sans équivoque. Le Chilien perdit son sourire. Il soupira et commença à sortir l'un après l'autre tous les objets que contenait le petit sac de cabine de Violaine. Ce qui s'annonçait comme un contrôle de routine devenait une fouille en règle. Derrière le comptoir voisin, Arthur, Nicolas et Goodfellow assistaient impuissants à la scène. Claire leur adressa un regard inquiet.

– Je crois que Violaine est en train de faire des bêtises, confia Arthur aux deux autres.

– Ça risque de chauffer ! ajouta Nicolas avec un grand sourire.

– Ce n'est pas drôle, le reprit sévèrement Arthur. Tu sais ce qu'elle est capable de faire quand elle est en colère !

– Votre amie n'a pas l'air dans son assiette, renchérit Goodfellow. Elle me semble nerveuse, depuis le jour de notre rencontre sur San Cristobal. Pour tout dire, j'ai le sentiment qu'elle me reproche quelque chose chaque fois qu'elle ouvre la bouche !

– Elle a connu des moments très difficiles, ces derniers temps, tenta d'expliquer Arthur.

– Ça y est ! s'exclama Nicolas. Ça va barder !

De l'autre côté de la vitre qui séparait les passagers prêts à embarquer de la zone de contrôle, l'un des douaniers venait de saisir le bras de Violaine.

Claire comprit que l'incident était inévitable. Elle se pencha aussitôt vers son amie.

– Convaincs-le simplement de nous laisser partir, lui chuchota-t-elle à l'oreille.

Mais Violaine tarda à répondre. Ses yeux étaient emplis de colère. En face, les trois douaniers tressaillirent comme sous l'effet d'une décharge électrique.

– Ce sont eux qui ont commencé, lâcha-t-elle d'une

voix éraillée. Pourquoi est-ce qu'ils ne nous ont pas laissées partir ? Je vous l'ai promis, Claire. Personne ne se mettra en travers de notre route.

Les trois hommes, yeux écarquillés, semblaient en proie à une terreur profonde. Quel combat le chevalier de Violaine menait-il contre leurs dragons ? Claire préférait ne pas l'imaginer ! Elle essaya de tirer son amie vers elle.

À peine fut-elle entrée en contact avec Violaine que des images floues et des sons étouffés pénétrèrent dans son esprit. Elle se figea sous le coup de la surprise.

Je vois ! C'est incroyable mais je vois ! Je vois des spirales de brume grise se tordre sous les assauts terribles d'un ectoplasme noir. Noir comme l'encre de certaines nuits trop profondes. C'est affreux. Je crois que je vais crier...

Violaine entendit ce cri. *Les formes fantomatiques aussi, qui cessèrent leur bataille pour se tourner vers Claire.*

Violaine tituba et, s'arrachant à celui qui la tenait, tomba en arrière. Claire la rattrapa de justesse.

Les douaniers revinrent brutalement à eux. La tête leur tourna un moment et ils échangèrent un regard étonné. Puis, comme si rien ne s'était passé, ils reportèrent leur attention vers les jeunes filles. Les voyant chanceler, ils arborèrent une mine soucieuse.

– *¿Todo va bien ?*

– Ça va, *gracias*, répondit Claire qui tentait de soutenir Violaine. Un coup de fatigue, c'est tout. Il fait très chaud ici. *¡ Mucho calor !* Vous avez fini ? *¿Terminado ?* On peut s'en aller ?

Les trois hommes se montrèrent excessivement prévenants et les accompagnèrent hors de la zone de contrôle où elles furent accueillies par Arthur et Nicolas. Goodfellow, jouant parfaitement son rôle d'adulte responsable, rassura les fonctionnaires dans un espagnol académique et les remercia pour leur aide.

– Qu'est-ce qui s'est passé ? demanda Nicolas. Il y en a un qui t'a pris le bras et après, plus rien. On aurait dit un tableau ! Personne ne bougeait.

– Violaine a… convaincu les douaniers de nous laisser passer, répondit Claire avant que son amie ne puisse ouvrir la bouche. Ça a pris plus de temps que prévu, c'est tout.

Arthur masqua une moue dubitative. À l'air gêné de leur amie, il devinait que les choses ne s'étaient pas passées de cette façon. Mais si Claire jugeait bon de couper court aux explications, il respecterait son choix. Il faisait confiance à son jugement. Peut-être que Violaine était sous le choc, ou bien encore trop agitée. En ce cas, mieux valait en effet remettre les explications à plus tard.

– J'ai bien cru que tu allais essayer de passer en force, insista Nicolas.

– La force n'est pas toujours la meilleure solution pour régler les problèmes, asséna Claire sèchement.

Violaine baissa les yeux. Arthur fit un signe discret à Nicolas pour l'avertir que leur amie avait besoin de repos. Mais Goodfellow décida de ne pas laisser passer l'occasion.

– Bon, dit-il d'un ton à présent sévère, cessons de

jouer à nous mentir. Vous n'êtes pas assez idiots pour me croire idiot, n'est-ce pas ? Alors j'aimerais que l'on ait une discussion, une vraie, et que vous m'expliquiez qui vous êtes. Ou ce que vous êtes. Je suis traqué en même temps que vous, désormais. Ça me donne le droit de savoir.

Arthur soupira. Il savait que cette conversation devrait avoir lieu à un moment ou un autre. Il aurait préféré que ce soit le plus tard possible.

– Violaine et moi on a besoin d'aller aux toilettes, annonça diplomatiquement Claire.

– Vous n'aurez qu'à nous rejoindre là-bas, dit Arthur en montrant des fauteuils vides à l'écart. On vous attendra en discutant, Nicolas, M. Goodfellow et moi.

– Eh ! ajouta Nicolas. Faites gaffe, c'est parfois dangereux les toilettes !

Les deux filles s'éloignèrent, sans un regard pour lui, en direction des *baños*.

– Ben quoi, se justifia le garçon en haussant les épaules, je plaisantais, ce n'est pas interdit que je sache !

Dès qu'elles furent seules, Violaine lâcha Claire et s'appuya sur un lavabo. Elle se passa un grand coup d'eau sur le visage. Ses mains tremblaient.

– Qu'est-ce qui s'est passé, tout à l'heure ? demanda-t-elle.

Elle regardait Claire dans le miroir. Elle n'osait pas le faire en face. Son aura d'assurance agressive avait complètement disparu.

– Ton chevalier essayait de tuer les dragons des

douaniers. Je ne pouvais pas te laisser faire. Tu as vu ce que tu as fait au vampire, sur la plage ? Agustin le méritait sans doute, et tu n'avais pas le choix. Mais tu ne peux pas infliger une chose aussi… horrible à tout le monde, sous le prétexte qu'ils ne font pas ce que tu veux !

La voix de Claire, assurée au départ, avait dérapé petit à petit pour se perdre dans un murmure.

– Tu les as vus ? demanda Violaine. Je veux dire, tu as vu les dragons ? Et mon chevalier ?

– Oui, murmura Claire. Enfin presque. J'ai vu des formes vaporeuses. Quand je t'ai touchée.

– C'est incroyable, dit Violaine en secouant la tête.

– Ce qui est incroyable, c'est qu'ils m'ont vue aussi. Ça les a autant surpris que moi, je crois.

Violaine se retourna brusquement et fixa Claire avec un regard dans lequel brillait la peur.

– Tu me crois cinglée ? Dis, Claire, tu crois que je suis en train de devenir folle ?

– Je ne sais pas, répondit-elle en se détournant, incapable de soutenir ce regard. Mais tu as changé depuis Santa Inés. Tu… tu me fais peur. Aux autres aussi.

Violaine se mordit les lèvres jusqu'au sang. Elle hésita, les yeux remplis de larmes, puis elle s'approcha de Claire. La jeune fille ouvrit ses bras et Violaine s'y précipita.

– Je ne sais pas ce qui m'arrive, parvint-elle à dire entre deux sanglots. Vous… vous avez peur de moi. C'est terrible. Je me fais horreur.

– On va t'aider, lui promit Claire qui sentait ses yeux

s'embuer à leur tour. Mais il faut que tu te calmes. Il faut que tu te calmes, tu comprends ? Tes pouvoirs ont grandi. Ils peuvent causer des ravages. Tu comprends ?

Violaine hocha plusieurs fois la tête, blottie contre l'épaule de son amie.

– C'est le côté obscur de ta force, ma jeune padawan, essaya de plaisanter Claire en imitant la voix de maître Yoda. Du côté obscur il faut te méfier !

Violaine se mit à rire, un rire timide mais qui les libéra toutes deux.

– Merci, Claire, dit-elle en s'essuyant les yeux. Je suis désolée, j'ai trempé ton pull !

– Ce n'est pas grave. N'hésite pas à le tremper quand tu voudras. Ça voudra dire qu'on est toujours amies…

Goodfellow n'en revenait pas. Les révélations que lui faisaient les deux garçons, tranquillement, comme si c'était le récit d'une journée banale, le médusaient.

– Si je comprends bien, dit le vieil homme en s'adressant à Nicolas, quand on était dans ma chambre à Londres, tu as vu les hommes qui nous espionnaient dans l'immeuble d'en face. En regardant à travers les murs !

– Pour résumer, on peut dire ça, acquiesça Nicolas.

– Et toi, Arthur, tu as appris le tagalog en une nuit avec une méthode achetée hier dans une librairie…

– Je me suis dit que ça pouvait être utile de comprendre le philippin, puisqu'on va aux Philippines, confirma Arthur. Mais il ne faut pas exagérer, je ne suis pas un expert en tagalog. Je me débrouille, sans plus.

– Sans plus, répéta Goodfellow, songeur. Quant à Violaine, elle peut manipuler les gens grâce à leurs auras.

– Dans l'esprit c'est ça, dit Arthur. Sans mauvais jeu de mots.

– Pas mal ! le félicita Nicolas en joignant un clin d'œil.

– Claire, enfin, se déplace à la vitesse de la lumière.

– C'était une image, seulement une image.

– Bon sang ! dit Goodfellow soudainement.

– Qu'est-ce qu'il y a ? demanda Arthur en fronçant les sourcils.

– Vous vous étonnez encore qu'on en ait après vous ? Vous ne vous rendez pas compte ! Si ce que vous me dites est vrai, c'est tous les services secrets de la planète que vous devriez avoir sur le dos !

Clarence referma son ordinateur. Il quitta le cyber-espace du restaurant où il avait déjeuné, la mine sombre. Il prendrait désormais beaucoup plus de précautions pour entrer en contact avec son frère ! Le Grand Stratégaire venait en effet de lui confirmer ses pires craintes : le MJ-12, croque-mitaine célèbre dans le milieu des Agences, existait bel et bien. Il existait même tellement qu'il avait manipulé le général Walker et son homme de main, Agustin. Un croque-mitaine. Le terme était le bon puisque le MJ-12 s'intéressait de près aux gamins. Que le Grand Stratégaire garde un œil attentif sur cette organisation en disait assez sur l'importance de la menace. Clarence n'avait obtenu ces renseignements qu'en jouant sur la fibre affective. Son brave frère Rudy estimait qu'en se rapprochant dangereusement de l'entité MJ-12, Clarence outrepassait le rôle de protecteur qu'il lui avait confié. Cette inquiétude était une preuve supplémentaire du danger que représentait l'adversaire.

Clarence hésita sur la conduite à adopter. Se mettre au vert, comme le lui avait conseillé le Grand Stratégaire, en attendant d'hypothétiques nouvelles de ses renardeaux ? Ou alors se mettre en chasse, comme le loup qu'il était, et courser non plus des renards mais des lions ? Un sourire carnassier vint éclairer à nouveau son visage tandis qu'il marchait sur le trottoir pour regagner le motel confortable réservé pour la nuit. Ce serait la chasse, bien sûr ! Mais il allait avoir besoin d'aide. D'une aide physique. Et il savait où en trouver...

New York – États-Unis.

L'assemblée était presque au complet. Il ne manquait plus, autour de la vaste table de bois verni, que Majestic 5 et son mystérieux invité. Majestic 3 fit quelques pas, ignorant ostensiblement Majestic 7, et se planta devant les vitres blindées de la pièce qui dominait la ville, tout en haut de la tour. Il aimait cette tradition qui voulait que l'on changeât régulièrement d'endroit pour se réunir. Une tradition reposant sur des principes de sécurité mais qui avait l'avantage du dépaysement.

Un brouhaha lui signala l'arrivée des retardataires. Majestic 3 retourna à sa place, sans se presser. Tous les regards se portèrent alors sur l'homme qui accompagnait Majestic 5 et qui était le seul à avoir le visage découvert. L'homme était grand, très grand, plus encore que Majestic 5. Sa figure semblait avoir été taillée à coups de serpe et quelque chose dans son regard, vert, lui conférait une expression dédaigneuse.

– Messieurs, commença Majestic 5, je vous présente le colonel Black. Black travaille pour la NSA. Il dirige le fameux département « Combat, nucléaire et espace ».

– Nous vous connaissons bien, dit Majestic 1, même si vous ne nous connaissez pas. Je vous en prie, asseyez-vous. Bienvenue au MJ-12, colonel !

La géolocalisation est un procédé qui permet de déterminer la position géographique d'un internaute à partir de son adresse IP. GeoPoint, développée dans la Silicon Valley par la société Quova, est la base de données la plus importante au monde. Elle recense plus d'un milliard d'adresses aujourd'hui actives sur Internet. Cette base de données est notamment utilisée par cinq des six plus grands sites web pour identifier en temps réel l'origine de leurs utilisateurs. Il est possible, à partir de l'adresse IP qui identifie chaque ordinateur, le rendant unique, de déterminer avec un taux de fiabilité de 99,9 % le pays d'origine de l'internaute, mais aussi sa ville, avec un taux qui varie entre 85 % (pour un pays en voie de développement) et 97 % (pour un pays développé). Au-delà, il est nécessaire d'utiliser d'autres techniques de triangulation, basées par exemple sur les points d'accès d'un réseau Wi-Fi ou les antennes d'un réseau cellulaire.

Un moyen de plus pour surveiller les gens et contrôler les actes de la vie quotidienne, une pierre en moins dans le socle de nos libertés. Cela sous couvert d'une transparence généralisée, supposée nous protéger, mais qui tend à rendre la vie privée suspecte : « Vous avez donc des choses à cacher ? » Cette mise au pas progressive d'Internet, le dernier média indépendant, et de ses usagers, est révélatrice de la paranoïa de nos dirigeants obnubilés par le contrôle. Contrôle qui, en s'appuyant sur la peur, s'accroît au détriment de la liberté. « Ceux qui abandonnent une liberté essentielle pour une sécurité temporaire ne méritent ni la liberté ni la sécurité », disait Benjamin Franklin. À méditer…

(Extrait du *Monde sous surveillance*, par Phil Riverton.)

6

Fortunæ se committere : se confier à la bonne fortune

C'est finalement plutôt agréable de se retrouver dans la peau d'un enfant. Se soucier de rien, c'est bien le privilège de l'enfance, non ? Évidemment, en tant qu'enfant, on ne fait pas tout ce qu'on veut. Mais il y a un prix à toute chose. Quand on devient adulte, on est seul à décider et seul on doit assumer les conséquences de ses actes. C'est à la fois grisant et terrifiant. Terrifiant quand on n'a rien demandé à personne, et surtout pas à grandir trop vite. Notre fuite de la clinique a duré deux jours, notre fugue deux mois. Il n'en a pas fallu plus pour vieillir de dix ans. Goodfellow, en reprenant les rênes, nous offre un retour en arrière, une pause, un interlude inespéré… Violaine a l'air de s'en accommoder, tant mieux. Je n'aurais pas voulu gérer une autre confrontation. Je sais que j'ai eu le dessus de justesse, la dernière fois, sur le cerro *San Cristobal. La prochaine ne sera pas facile. Surtout après le coup de l'aéroport ! Je trouve que Goodfellow ressemble beaucoup au Doc. Il est rassurant sans être autoritaire. J'avais peur que notre petit groupe le considère comme un intrus, un indésirable. Au contraire, je crois que, pour des raisons diverses, nous avons tous fini par l'accepter…*

6 jours 13 heures 6 minutes avant contact.

Arthur considéra avec inquiétude les corridors du terminal, mais Goodfellow les guida avec assurance dans l'aéroport labyrinthique. Leur vol pour Mactan était déjà annoncé. Ils dénichèrent des sièges libres sous un grand ventilateur qui brassait avec nonchalance un air brûlant et s'y installèrent dans l'attente de l'embarquement.

– Combien de temps faut-il pour aller là-bas ? demanda Claire à Goodfellow.

– Une heure environ. Plus une demi-heure de taxi pour rejoindre Cebu.

– Mactan, c'est l'île où Magellan a été tué ? demanda Nicolas.

– Tué par les hommes du chef Lapu-Lapu, intervint Arthur.

– Exact, confirma Goodfellow avec un regard admiratif pour le garçon. D'ailleurs, la grande ville de Mactan qui s'appelait Opon a été rebaptisée Lapu-Lapu City en 1961.

Nicolas se prit la tête entre les mains.

– Non, dites-moi que je rêve ! Ils sont deux à présent ! Au secours !

Son exclamation provoqua enfin les sourires du groupe.

L'attention du garçon fut vite attirée par les gens qui l'entouraient et qui, comme la petite bande, attendaient un avion. Les Philippins étaient plus typés que les Chiliens. Ils présentaient différents caractères asiatiques que dominait cependant une indéniable origine malaise. Ils parlaient cette langue, le tagalog, ou bien une autre proche. Mais ils étaient habillés comme on pouvait l'être en Europe l'été, c'est-à-dire en jean et en bermuda, chemisette et tee-shirt. C'était le contraste entre la différence et la ressemblance qui fascinait Nicolas.

Il fronça tout à coup les sourcils. Un peu plus loin, contre un pilier, un homme les observait. C'était un Occidental, plutôt costaud, vêtu d'un pantalon léger et d'une chemise colorée. Un sac posé à ses pieds indiquait que lui aussi attendait d'embarquer. Dès qu'il se sentit examiné à son tour, l'homme se replongea dans la lecture du magazine qu'il tenait à la main. Un magazine en anglais. Nicolas hésita. Devait-il parler aux autres de cet homme ?

« Tu deviens parano, mon vieux, se morigéna-t-il. Ce n'est pas parce qu'un type te regarde qu'il est forcément sur tes traces ! Il faut dire aussi qu'on forme un groupe qui attire plutôt l'attention… »

La voix d'Arthur le tira de ses rêveries.

– On va commencer par quoi, à Cebu ?

– On va commencer par chercher un hôtel, répondit Goodfellow. Un hôtel convenable pourvu de douches en état de marche !

Le vieil homme s'attira immédiatement le regard reconnaissant des deux filles.

– Ensuite, ma foi, continua-t-il, nous nous laisserons guider par mes souvenirs. Et notre bonne étoile !

– Espérons que personne n'aura trouvé cet endroit avant nous, dit Violaine d'un ton toujours fortement dubitatif. Tout le monde le cherche quand même depuis des centaines d'années !

– Au contraire, Violaine, personne ne le cherche plus depuis longtemps ! C'est même notre principal atout, répondit Goodfellow en étudiant une nouvelle fois le visage, trop tendu à son goût, de la jeune fille. Le symbole templier reliant l'île de Santa Inés à celle de Cebu est, certes, un fil ténu. Mais l'idée que Magellan, s'appuyant sur les notes de Marco Polo et peut-être d'autres informateurs que nous ne connaissons pas, puis que Legazpi, quarante ans plus tard, soient venus précisément ici, à Cebu dans les Visayas, renforce ce lien. Cela fait beaucoup trop de coïncidences. Allons, Violaine, un peu d'enthousiasme ! Une seconde chance s'offre à nous : celle de mettre la main sur les secrets du Temple !

Violaine n'insista pas, au grand soulagement de tous.

– Si les Templiers n'existent plus depuis le XIVe siècle et que les vestiges de Cebu datent du XVIe siècle, monsieur Goodfellow, ça veut dire que les Espagnols ont repris à leur compte ces fameux secrets ?

– Tout à fait, Claire ! C'est ce que j'explique dans mon carnet : au moment de leur persécution par Philippe le Bel en 1314, les derniers Templiers se sont réfugiés, avec leurs secrets, au Portugal. Des secrets que les Espagnols ont récupérés ensuite grâce au changement de camp de Magellan.

– Moi, penser que des gens aient pu se transmettre un secret sur plusieurs siècles, ça ne me choque pas, dit Nicolas. Mais ce que je voudrais bien comprendre, c'est le rapport entre ces gens qui vivaient au Moyen Âge et les missions Apollo…

– Toi aussi tu as lu mon carnet, Nicolas. Donc tu sais que je ne sais pas ! Mais je suis sûr qu'un secret relie ces événements entre eux. Ce n'est qu'en suivant le fil qu'on aura une chance de comprendre.

– Et nous, qu'est-ce qu'on a à voir là-dedans ? questionna Violaine. Pourquoi on nous traque comme des animaux ?

– Je me demande sérieusement si, pour le coup, ce n'est pas une vraie coïncidence, répondit Goodfellow. Vos… particularités suffisent à justifier la traque dont vous êtes l'objet. Vous vous êtes trouvés au mauvais endroit au mauvais moment, c'est tout.

Arthur étouffa une remarque mordante. Lui non plus ne croyait pas aux coïncidences ! L'explication de Goodfellow était trop simpliste. Mais il n'avait pas de suggestion en réserve, aussi évita-t-il de lancer la polémique.

Le vieil homme tendit l'oreille ; un haut-parleur crachotait quelque chose en tagalog.

– Ça y est, on embarque !

Nicolas fut le premier à se lever. Machinalement, il chercha des yeux l'homme qui les observait tout à l'heure, près du pilier. Il avait disparu. Nicolas se sentit bêtement rassuré. Puis il chassa l'inconnu de ses pensées et alpagua Goodfellow.

– Vous avez vécu longtemps aux Philippines, monsieur Goodfellow ? Parce que vous vous débrouillez drôlement bien en philippin !

– J'ai vécu longtemps un peu partout, mon garçon. Dont deux années aux Philippines, il y a déjà trop longtemps. Le souvenir de cette période n'est pas le plus désagréable ! Les malheurs sont souvent moins pénibles au soleil.

Puis il fixa les quatre jeunes gens avec un regard implorant.

– Écoutez, les enfants, j'ai une faveur à vous demander. Je voudrais que vous m'appeliez Harry, tout simplement. Parce qu'avec « monsieur Goodfellow » à chaque phrase, on ne va jamais s'en sortir !

– D'accord, Harry, dit Arthur en lui rendant son sourire. On va essayer !

– Ouais, acquiesça à son tour Violaine en grommelant. À condition qu'il se calme, lui aussi, avec « les enfants »...

New York – États-Unis.

La tour qui hébergeait la réunion des Majestics présentait un aspect banal au milieu des autres immeubles du quartier. Mais sa structure était considérablement renforcée et les panneaux vitrés du dernier étage étaient blindés. Quant aux différentes voies d'accès, elles étaient gardées par des hommes armés et vigilants.

L'assemblée réunie autour de la table était particulièrement attentive. La voix grave du colonel Black répondait sans hésiter aux questions de Majestic 1. Ils venaient d'aborder un sujet qui les intéressait tous beaucoup.

– L'homme dont vous nous parlez, ce Grand Stratégaire. Est-ce votre interlocuteur habituel ?

– Non, répondit Black avec assurance. Il n'intervient qu'à certaines occasions.

– De quel genre ?

– Du genre déconcertant. Généralement, des affaires qui ne semblent pas importantes. Mais ce n'est pas à moi d'en juger ! C'est lui le patron.

Un brouhaha agita l'assemblée. Le regard de Majestic 1 s'éclaira d'une lueur de triomphe.

– Si je comprends bien, continua-t-il, vous pensez que le Grand Stratégaire est votre patron ? Le grand chef de la NSA ?

– Je suppose, oui, répondit Black en haussant les épaules. Il possède tous les codes d'accès, à tous les niveaux.

Visiblement, il ne comprenait pas où son interlocuteur voulait en venir.

– C'est étrange, dit Majestic 1 en pesant ses mots. Parce que voyez-vous, colonel, les deux seuls patrons de la NSA s'appellent Keith B. Xander et John C. Ingis. Vous les connaissez, tout le monde les connaît. Pourquoi se cacheraient-ils derrière un nom de code ?

Black accusa le coup.

– On a tous pris l'habitude de travailler avec le Grand Stratégaire, se défendit-il. C'était si évident qu'on ne s'est jamais posé la question. Ou plutôt ça nous paraissait anormal, et même vexant, d'avoir des chefs connus de tout le monde ! L'existence du Grand

Stratégaire nous rassurait : on était bien une Agence différente, plus secrète que les autres.

Majestic 1 hocha la tête. Il s'adressa à l'assemblée.

– Messieurs, je crois que nous tenons une piste sérieuse. Majestic 5, que je félicite en notre nom à tous, va s'attacher à la remonter. Je suis sûr qu'en mettant la main sur ce Grand Stratégaire, nous débusquerons le mystérieux adversaire qui s'acharne depuis quelque temps à nous mettre des bâtons dans les roues. Je vais également activer mes réseaux personnels et trouver les renseignements qui nous seront utiles.

Il tourna vers Black son masque lisse et blanc.

– Merci, colonel. Vous nous aurez été d'une grande aide aujourd'hui. Majestic 5 restera en contact avec vous. La chaise de Majestic 12 est actuellement disponible. Si vous nous donnez satisfaction, eh bien, vous pourrez rejoindre la plus secrète de toutes les Agences non officielles !

Il y eut quelques rires. Black se leva, salua l'assemblée et fit mine de sortir. Il se ravisa au dernier moment.

– Je ne sais pas si ça peut vous aider, dit-il après une hésitation vite balayée, mais le Grand Stratégaire faisait souvent appel aux services d'un mercenaire du nom de Clarence Amalric. Minos, de son nom de code. Il sera peut-être plus facile à trouver que le Grand Stratégaire.

Majestic 1 hocha encore une fois la tête. Cette fois, Black sortit pour de bon.

Le 13 février 1565, venu du Mexique espagnol, Miguel Lopez de Legazpi débarque dans les Visayas avec cinq navires et quatre cents hommes. Curieusement, il s'arrête d'abord dans l'île de Bohol, avant de se rendre à Cebu. Plus curieux encore est l'étrange personnage qui accompagne Legazpi, qui le guide et le conseille. Il s'agit d'Andrés de Urdaneta, marin soldat dans sa jeunesse puis moine au couvent mexicain de Saint-Augustin. Le même Urdaneta qui découvrit, à la fin de sa vie, la route permettant aux navires de naviguer d'ouest en est malgré les alizés. L'homme est, il est vrai, un redoutable marin, qui n'hésite pas, au début de sa carrière, à s'aventurer dans les eaux troubles du détroit de Magellan...

Quel secret détient ce moine-soldat, qui conduit Legazpi à pacifier en priorité, de manière parfois inattendue, les Visayas centrales ? Que veut dire Legazpi quand il écrit à propos d'Urdaneta : « Il a éclairé l'expédition, tant sur le plan spirituel que temporel » ? Pourquoi les Portugais tentent-ils avec tant d'acharnement de prendre le contrôle de la région en 1567 alors qu'au même moment Urdaneta, accompagné du propre fils de Legazpi, rencontre par deux fois Philippe II d'Espagne ? On aurait bien aimé connaître les motivations profondes des Portugais et, surtout, savoir quelle était la teneur des échanges entre le roi d'Espagne et le vieux moine...

(Extrait de *Tisseurs d'histoires*, par Eusèbe Gustave.)

7

In ordinem cogere : remettre à sa place

Est-ce que Rimbaud est déjà venu aux Philippines ? Je ne pense pas. C'est dommage, il y aurait trouvé la matière pour un poème du genre « Soleil et chair brûlée » ou bien « Rêve d'hiver ». La chaleur est là, étouffante, elle domine, elle n'a aucun adversaire sérieux, c'est la super prédatrice. Pour la combattre : un ventilateur et une bouteille d'eau glacée. Je n'ai trouvé aucune autre parade pour l'instant... Cette histoire de chaleur, ça me rappelle la fois où le feu, dans la cheminée de mon grand-père, s'est transformé en démon. On a tous passé ce genre de moment, le regard perdu dans la contemplation des flammes, hypnotisés par leur danse rouge, jaune et bleu, blanc parfois. J'étais un p'tit gars, à l'époque. Brusquement, le feu a cessé d'être ce qu'il était. Sous mes yeux, qui avaient basculé en mode multicolore, il y avait un halo de couleurs, proches de celles que je voyais un instant auparavant, mais moins vives, plus nuancées, plus... pixelisées ! Et sous sa robe de flammes mouvante, un démon me souriait. Je me souviens du cri que j'ai poussé avant de me réfugier contre mon grand-père, qui riait aux éclats parce qu'il croyait qu'une étincelle m'avait effrayé. Les démons. Maintenant que j'y pense, ils sont toujours là, cachés derrière les voiles colorés. C'est juste que je fais exprès de ne pas les voir...

6 jours 7 heures 13 minutes avant contact.

– Et maintenant ? demanda Nicolas.

– On est allés au fort San Pedro et à l'église San Agustin, qui sont les plus vieux monuments de Cebu, récapitula Goodfellow en tirant vers l'arrière son chapeau de toile et en s'épongeant le front. Je crois qu'on a fait le tour.

– On n'a pas retrouvé le fameux symbole templier, conclut Violaine avec un air de « je vous l'avais bien dit ! ».

– Effectivement, reconnut Goodfellow, contrarié. Je sais que c'est ici que je l'ai vu, mais impossible de me rappeler où exactement !

– Sénilité plus chaleur, bonjour les dégâts, marmonna Violaine sans qu'il l'entende.

– Alors, répéta Nicolas, on fait quoi, maintenant, si on a déjà tout passé en revue ?

– Je propose qu'on cherche un endroit pour s'asseoir et qu'on boive quelque chose de frais, dit Goodfellow sans se départir de sa bonne humeur. On l'a amplement mérité !

– Ouf ! lâcha Claire, heureuse à l'idée de reposer ses jambes.

Ils dénichèrent un bar agréable proche du front de mer, le plus à l'écart possible de l'avenue côtière et de la pollution des pots d'échappement. Ils s'adjugèrent la table placée sous un grand ventilateur. Si elle n'avait pas été libre, ils auraient été prêts à se battre pour l'avoir !

– Nicolas a raison, dit Violaine : c'est quoi la suite du programme si ce qu'on cherche n'est pas ici ?

– Holà, du calme ! C'était une simple reconnaissance, rien d'autre, répondit Goodfellow en regardant avidement la bière que le serveur apportait avec les jus de mangue commandés par la bande. Mais si vous êtes fatigués, moi je retourne explorer les murs du fort et de l'église. Je ne suis pas fou, j'ai vraiment vu ce signe quelque part !

C'était bien ce qui dérangeait Arthur. Il ne mettait pas en doute les affirmations de Goodfellow au sujet du symbole qu'il avait vu sur un vestige espagnol des Visayas. Mais un détail ne collait pas. Et plus il y pensait, plus il se demandait si leur ami n'était pas victime d'une certaine confusion mentale.

Un martèlement de doigts sur la table ramena l'attention du garçon sur Violaine. Malgré ses petites piques et quelques grommellements, elle était docile et silencieuse depuis leur arrivée aux Philippines. Trop docile ? Il la sentait loin d'eux, libre à tout moment d'agir à sa guise et selon ses propres règles. Arthur savait qu'il pouvait compter sur Claire si Violaine disjonctait à nouveau, mais Claire elle-même pouvait craquer à tout moment. Son regard passa de l'une à l'autre, puis s'attarda sur les seins de Violaine que le tee-shirt mettait généreusement en valeur. Il s'empourpra et détourna la tête. Le rêve qu'il avait fait dans le bus pour Santiago avait laissé plus de traces qu'il le pensait !

– Je viens avec vous, Harry, dit Arthur malgré sa lassitude.

Il lui fallait se retrouver en tête à tête avec le vieil homme pour lui soumettre l'idée qu'il avait eue à Santiago et qui lui semblait, à présent, tout à fait cohérente.

– Nous, on va à l'hôtel, annonça Violaine sans consulter les deux autres. Je rêve d'une douche et d'une sieste sous le ventilateur.

Les mots « douche » et « ventilateur » firent leur effet, et Claire et Nicolas oublièrent de s'insurger contre le ton impérieux de leur amie.

– On devrait commencer par la façade du fort et celle de l'église, proposa le garçon à Goodfellow, pour détourner ses pensées de Violaine. C'est la première chose qu'on regarde, en visite. C'est peut-être là que vous avez aperçu le symbole !

– C'est une bonne idée, embraya immédiatement Goodfellow. En plus, ce sont les parties les mieux conservées !

Excité à présent à l'idée de reprendre les fouilles, Goodfellow termina rapidement son verre. Suivi d'Arthur, il quitta les autres en leur donnant rendez-vous à l'hôtel.

– Ils ont un côté agaçant, ces deux-là, dit Violaine lorsqu'ils furent partis.

– Bah ! tu connais Arthur, répondit Nicolas du tac

au tac. Il en fait toujours trop ! Et puis ils bossent à notre place, alors de quoi on se plaint ?

– C'est pas de ça que je parlais. C'est le genre responsable qu'ils se donnent que je déteste. Avec eux, j'ai l'impression d'être une gamine. Et puis quoi, on se débrouillait bien sans adulte, jusque-là !

– Il y a quand même eu le Doc, Antoine et puis Clarence, relativisa Claire. Il y en a toujours eu un pour veiller sur nous, ça nous a plutôt réussi.

Violaine lui jeta un regard peu convaincu.

– Mouais, peut-être. Mais plus ça va et moins j'aime ça.

– Tu n'aimes pas quoi ?

– Qu'on me dise ce que je dois faire. Vous venez ? On sera mieux à l'hôtel que dans ce bar pouilleux.

Elle se leva et ils lui emboîtèrent le pas.

« Et toi, chère Violaine, pensa tristement Claire en lui prenant le bras, nous laisses-tu seulement libres de nos choix ? »

– Attendez une minute ! s'exclama Nicolas.

– Quoi ? Qu'est-ce qu'il y a ?

– Le type, là-bas, de l'autre côté de la rue, avec une chemise de toutes les couleurs… Zut ! il vient de disparaître.

– Eh bien ?

– Je l'ai déjà vu. À l'aéroport, à Manille, pendant qu'on attendait l'avion de Cebu. Il nous observait !

– Tu es sûr que c'est le même ?

– Certain ! Là encore, il nous épiait. Il s'est éclipsé quand il a vu que je le regardais.

– C'est ennuyeux, dit Violaine, le visage sombre. Ça voudrait dire qu'on est repérés à nouveau.

– Comment c'est possible ? murmura Claire en pâlissant.

Violaine haussa les épaules.

– Depuis le début on se demande comment ils font pour nous trouver. On n'a jamais de réponse, mais ils nous trouvent et c'est ça l'important.

– Il va falloir en parler à Harry, dit Nicolas. On a moins de temps qu'on le pensait.

Le soir tombait lorsque Arthur et Goodfellow, épuisés pour de bon, prirent le chemin du retour. Il n'était pas tard mais, sous les tropiques, le soleil avait une fâcheuse tendance à disparaître à heure fixe entre la fin d'après-midi et le début de soirée. Ils rentraient bredouilles, la déception clairement inscrite sur leur visage.

– Je ne comprends pas, dit Goodfellow l'air sincèrement navré. J'étais pourtant sûr…

Il secoua la tête.

– En fait, je ne sais plus, avoua-t-il. Peut-être que je me suis imaginé avoir vu cette sculpture de triple enceinte ! J'ai peut-être confondu mes souvenirs avec la photo d'un livre.

Arthur sentit que le moment était propice pour avancer sa théorie. Il se racla la gorge.

– Vous avez peut-être confondu vos souvenirs entre eux, Harry.

– Que veux-tu dire ? demanda Goodfellow en l'observant avec un regard perçant.

– Et si ce n'était pas à Cebu que vous aviez vu le symbole ?

– Pas à Cebu ? répéta-t-il interloqué. Impossible ! Je te rappelle que c'est à Cebu que Magellan a débarqué et que Legazpi ensuite…

Arthur le coupa.

– Non. Ce n'est pas à Cebu que Legazpi a débarqué en premier, mais… sur l'île de Bohol ! Quant à Magellan… Qu'est-ce qu'il y a entre Bohol et Cebu ? L'île de Mactan, que Magellan a voulu soumettre !

– Mais c'est exact ! D'ailleurs Miguel de Legazpi, en débarquant à Bohol en 1565, n'a pas fait la même erreur que Magellan, poursuivit Goodfellow qui comprenait peu à peu où Arthur voulait en venir. Il a conclu un pacte avec le chef Sikatuna et tous les deux ont bu quelques gouttes de leur sang mélangé dans un bol en bois au-dessus d'une peau de bête.

– Un geste assez peu chrétien ! commenta Arthur.

– Mais accompli, sans aucun doute, avec la bénédiction de son conseiller Urdaneta. Ce geste lui a ouvert les portes de l'île…

Goodfellow se frappa le front avec le plat de la main.

– C'est sûrement à Bohol que j'ai vu le symbole ! Sur une des églises de l'île !

– Ça collerait parfaitement, ajouta Arthur, heureux de voir le visage du vieil homme s'éclairer à nouveau : c'est à Bohol que l'on trouve les plus vieilles églises des Philippines !

– C'est encore vrai ! s'exclama Goodfellow, ravi. Tu es un compagnon précieux, Arthur. Allons retrouver les autres. J'ai honte ! Je dois leur présenter au plus vite les excuses d'un vieux gâteux.

Arthur se sentait soulagé. Sa mécanique cérébrale n'était pas trop rouillée ! Quant à celle de Goodfellow, stimulée par des éléments concrets, elle se remettrait naturellement en place quand ils débarqueraient à Bohol.

Il pressa le pas, obligeant le vieil homme à se dépêcher. Il avait hâte à présent de retrouver Violaine, Nicolas et Claire. Il ne se sentait pas tranquille quand il était loin de ses amis…

Banlieue d'Abilene, Texas – États-Unis.

Matt Grimelson fit sauter le pancake dans la poêle d'un geste machinal. C'était un matin comme il y en avait tous les jours depuis qu'il était rentré. Il regarda encore une fois par la fenêtre qui donnait sur le pavillon voisin, un pavillon comme il y en avait des milliers dans le coin. Matt mesurait plus de deux mètres et pesait pas loin de cent vingt kilos. Le repos auquel il était contraint depuis des mois avait arrondi sa silhouette, mais la couche de graisse dissimulait les muscles d'un homme habitué à l'action. Le colosse soupira et donna un autre coup de poêle.

– Mattie ! Mon pancake !

– Ouais, m'man ! hurla-t-il en faisant glisser le pancake dans une assiette.

Il quitta la cuisine en claudiquant. Une femme énorme était avachie dans le canapé du salon, devant la télévision. Matt déposa l'assiette sur la table basse encombrée d'emballages divers, vides pour la plupart.

– Tu n'as besoin de rien d'autre ? lui demanda-t-il gentiment.

Son visage poupon parsemé de taches de rousseur s'était éclairé d'un sourire un peu idiot.

– Non, tu es un bon garçon, répondit-elle sans se détourner de l'écran. Tu as vu le docteur Braddy aujourd'hui ?

– C'était hier, corrigea-t-il avec douceur. Il a dit que mes jambes étaient presque guéries. Tout va bien, maman.

Elle émit un grognement approbateur. Sachant qu'elle ne dirait rien de plus, Matt repartit dans la cuisine et calma sa nervosité en faisant la vaisselle. Il n'avait pas été franc avec sa mère. En effet, l'une des fractures avait mal évolué et il serait condamné à boiter toute sa vie. Il en avait eu la confirmation lors de sa dernière visite au médecin. Et ça, il ne pouvait pas le dire à sa mère.

Le téléphone émit une sonnerie stridente. Sans doute dérangée dans son émission, Mme Grimelson décrocha et répondit d'une voix impatiente.

– Mattie ? cria-t-elle. C'est pour toi ! C'est un M. Minos !

Le cœur du géant s'arrêta de battre. Il dut se rattraper au rebord de l'évier pour ne pas tomber. Puis il recouvra ses esprits et se précipita dans le salon. Il arracha presque le combiné des mains de sa mère.

– Boss ? bredouilla-t-il. Boss, c'est vous ?

Des larmes coulaient à présent le long de ses joues.

– Je suis tellement content, boss, vous pouvez pas

savoir !… Bien sûr que je suis libre… Pas de problème, j'arrive le plus vite possible… Et je prends mon matos, bien sûr, boss. À bientôt, boss !

Lorsqu'il raccrocha, son visage joufflu resta figé sur une expression extatique.

– C'était le boss, dit-il à sa mère qui n'avait pas quitté la télé des yeux. Il a besoin de moi…

Quand il n'y a pas de mur derrière toi, petit, mieux vaut avoir des amis.

(Extrait de *Préceptes de hussard*, par Gaston de Saint-Langers.)

8
Persuasibiliter : d'une manière persuasive

La porte du fond de la crypte l'intriguait de plus en plus. Elle pulsait, par moments, mais c'était peut-être seulement dans son esprit. À d'autres moments, elle laissait échapper des rais de lumière, et Violaine en avait conclu qu'elle ouvrait sur l'extérieur. C'était pour cela, sans doute, que ses chers dragons ne voulaient pas qu'elle s'en approche. Elle tournait de fréquents regards vers cette porte qui, à présent, l'obsédait totalement. Mais elle ne parvenait qu'à provoquer l'énervement de ses gardiens. L'un d'eux en bouscula un autre et s'attira en retour des feulements furieux. L'heure n'était pas à la fête, dans la crypte, depuis qu'elle avait fait mine de gagner la porte. Elle restait donc sagement dans son coin, et prenait soin de ne pas s'éloigner du monstre qui l'avait emportée dans ses griffes et qui semblait encore veiller sur elle…

5 jours 8 heures 51 minutes avant contact.

Violaine secoua la tête, essayant d'échapper au sommeil qui la harcelait. Elle se leva et quitta le banc sur lequel elle s'était installée pour assister au départ du ferry. La ville de Cebu s'éloignait petit à petit. Elle s'aperçut qu'il y avait des collines à l'arrière-plan. Elle fut surprise par le nombre d'immeubles émergeant des différents quartiers de la ville. Mais c'est le ciel, rempli de nuages noirs, qui retint son attention.

– Cebu est quand même une des grandes villes des Philippines, dit Arthur, comme s'il avait lu les pensées de Violaine. Près d'un million d'habitants. Il faut bien les mettre quelque part !

Le grand garçon l'avait rejointe sans bruit. Ses traits tirés et des cernes sous les yeux indiquaient qu'il n'avait pas beaucoup dormi. Il surprit une expression exaspérée sur le visage de Violaine. Son cœur se serra.

– Quelque chose ne va pas ? demanda-t-il en se forçant à sourire.

– Non, tout va très bien. On se tape des jours d'avion, la visite d'églises immondes et de vieux murs écroulés, des températures qui n'existent sur aucun thermomètre et des hectolitres de fumée d'échappement. Et tout ça pour rien, parce qu'un vieux fou n'a plus sa tête ! Qui nous dit qu'il ne gâtouille pas encore une fois et que c'est vraiment à Bohol qu'il a vu le signe des Templiers ? Pour l'instant, on n'a pas avancé d'un iota dans notre quête ! Ah ! si, j'oubliais : on sait combien il y a d'habitants à Cebu. Merci, Arthur.

Le garçon n'essaya pas de la couper pendant sa diatribe. Il s'abîma dans la contemplation des remous créés par l'hélice.

– C'est une façon de voir les choses, répondit-il. Tu voudrais faire quoi, à la place ?

– Nous mettre en chasse. Trouver ceux qui nous traquent. Les interroger. Les éliminer.

Un frisson glacé saisit Arthur malgré la chaleur. Il y avait dans la voix de la jeune fille une dureté épouvantable.

– L'homme que Nicolas a aperçu hier ne s'est pas remontré, intervint Claire en agrippant le bras de Violaine. En plus, nous ne sommes pas certains qu'il en a après nous. Le chemin que nous suivons avec Goodfellow reste notre meilleure chance de toucher au but et tu le sais.

Le contact avec son amie parut calmer Violaine.

– De toute façon, grommela-t-elle, les dés sont jetés. J'espère que le vieux va vite retrouver la mémoire et son signe sculpté parce que, pour l'instant, c'est pas une partie de plaisir.

Elle se dégagea doucement de l'emprise de Claire et rentra s'asseoir à l'intérieur du bateau. Arthur et Claire échangèrent un regard.

– Elle est vraiment en train de changer, murmura la fille diaphane. Il s'est passé quelque chose quand elle a tué le dragon du vampire, à Santa Inés. Comme si elle avait basculé ailleurs.

– Je m'en suis rendu compte, confirma Arthur sur le même ton. J'ai l'impression que ce changement concerne également son pouvoir sur les dragons.

– Violaine peut devenir extrêmement dangereuse, confirma Claire dont le teint avait pris une couleur de cendres. À l'aéroport, si je ne l'avais pas retenue, elle aurait tué les douaniers.

– Tu veux dire leurs dragons ?

– Non. Je crois bien qu'elle aurait pu les tuer vraiment. Je ne sais pas comment, mais j'en ai la certitude. Lorsque j'ai posé ma main sur elle, je me suis retrouvée en contact avec son monde, avec le monde des dragons de brume. C'était fascinant. Et horrible.

Les mains de Claire se mirent à trembler. Arthur les prit entre les siennes.

– C'est à nous de veiller sur elle, dit-il en soupirant. Ça ne sera pas facile, mais on se débrouillera. Elle n'a que nous ! Et nous, on a besoin d'elle. On a toujours eu besoin d'elle.

Claire hocha la tête.

– Tu sais, ajouta-t-elle, je crois que tu devrais intervenir plus souvent. Violaine t'aime bien…

Arthur la dévisagea avec un regard effaré.

– Ah non, tu ne vas pas t'y mettre toi aussi ! Vous vous êtes donné le mot avec Nicolas ?

– Fais-moi confiance. Je sais que les apparences sont contre moi mais je suis une fille tout de même ! Et il y a des trucs que les filles comprennent.

– Violaine t'a dit quelque chose ?

– Mais… tu rougis ma parole !

– Alors ? la pressa-t-il.

– Elle m'a juste dit à plusieurs reprises, quand elle était… normale, qu'elle avait surpris certains de tes regards. Des regards qui l'avaient troublée.

Arthur ne répondit rien. Il regarda un moment la porte par laquelle Violaine avait disparu.

– C'est drôle que tu me dises ça. Parce que moi, j'ai plutôt l'impression qu'elle m'aime de moins en moins…

Claire décocha à Arthur un sourire lumineux et l'embrassa sur la joue. Puis, sans rien dire, de sa démarche hésitante, elle rejoignit Violaine à l'intérieur.

– Elle n'a pas tort, fit Nicolas en s'approchant.

– Qui ça, Claire ? dit Arthur, méfiant, en se demandant si Nicolas avait entendu leur conversation.

– Non, Violaine. On pourrait leur mener la vie dure, aux salauds qui nous pourchassent. C'est vrai, ça, on a des pouvoirs et on ne les utilise pas ! On pourrait aussi piller des banques. Moi je repérerais les alarmes, Violaine neutraliserait les gardes et Claire récupérerait l'argent dans les caisses sans que personne s'en aperçoive. Toi, tu serais le cerveau, tu planifierais les attaques et tu gérerais le pactole.

Arthur en resta sans voix.

– Tu penses vraiment ce que tu dis ? hoqueta-t-il enfin.

– Disons que c'est une idée parmi d'autres. Ça nous changerait des chasses au trésor, genre jeu de piste où on découvre à la fin un coffre vide !

– Alors tuer des gens, c'est aussi la meilleure solution pour toi ? s'offusqua Arthur.

– Claire, Harry et toi vous ne croyez pas à mon histoire de type louche qui nous suit depuis Manille. Violaine si. Elle pense qu'on pourrait prendre l'initiative pour une fois. Marcher sur la fourmilière. Les morts, c'est autre chose. Comment on dit, déjà ? Ah oui, des dommages collatéraux ! Après tout, on a essayé plusieurs fois de nous tuer, non ? Alors pourquoi on serait gentils ?

– Tu ne te rends pas compte, dit Arthur en secouant la tête.

Nicolas vit que son ami avait l'air sincèrement peiné. Il se mordit la lèvre. Pourtant, pour être franc, il pensait ce qu'il disait. Enfin, une partie au moins. Surtout au sujet des banques. Ça pouvait être très marrant ! Il se voyait en Billy the Kid du XXIe siècle !

– Je me rends parfaitement compte, conclut Nicolas en retrouvant son sérieux. Et dans ce qu'a dit Violaine, tout n'est pas à jeter. Tu devrais y penser.

Jackson, Wyoming – États-Unis.

Quelqu'un frappa à la porte. D'une voix étouffée, Majestic 3 l'invita à entrer. Quelques instants plus tard, dissimulé lui aussi derrière un masque, Majestic 7 pénétrait dans le bureau, sous le regard vigilant des gardes restés à la porte.

– Je vous remercie d'être venu, commença Majestic 3 en se portant à sa rencontre et en lui tendant la main.

Le visiteur serra la main du petit homme avec vigueur. Majestic 7 n'était plus tout jeune mais il émanait de sa personne une grande énergie.

– On ne refuse pas une invitation dans un tel cadre, répondit-il avec une pointe d'ironie. Assister à l'arrivée du printemps au milieu des vergers est un réel privilège.

Majestic 3 fit mine de balayer le compliment de la main.

– À force de privilèges, on finit par ne plus s'apercevoir qu'ils en sont. Moi je préfère parler des devoirs qui les justifient.

Majestic 3 s'arrêta, laissant planer un silence lourd de sous-entendus. Puis il choisit une attaque frontale. L'heure n'était plus aux finasseries.

– À quoi jouez-vous, Majestic 7 ? dit-il en le fixant derrière son masque.

– Que voulez-vous dire ?

– Ne me prenez pas pour un imbécile. D'abord, cette information concernant Goodfellow que vous m'avez cachée, me faisant passer au sein de l'assemblée pour un incapable. Ensuite, le peu d'ardeur que vous mettez à retrouver la trace des enfants. Je veux des explications.

Majestic 7 prit son temps pour répondre.

– En ce qui concerne Goodfellow, commença-t-il, je suis désolé. C'est vrai que j'ai agi précipitamment et que je vous ai mis dans l'embarras. C'était stupide de ma part. L'information m'est parvenue peu de temps avant la réunion. J'aurais dû vous en faire part immédiatement.

Il parlait sans hâte, en insistant sur chaque mot. Des mots qui semblaient frappés au coin du bon sens. Majestic 3 se sentit troublé. Son interlocuteur cherchait à l'embobiner, c'était clair. Puis tout se brouilla dans son cerveau. Quand il reprit le contrôle de ses pensées, les choses étaient devenues évidentes. Limpides. Son adjoint pour l'opération « Quatre Fantastiques » n'avait jamais voulu le doubler ! Pourquoi l'aurait-il fait ? Majestic 7 était son meilleur ami et son plus fidèle soutien ! Il se sentait à présent pleinement rassuré. Toute cette histoire était un malentendu, un bête malentendu.

– Quant à vos soupçons me concernant, cher ami, poursuivit Majestic 7 avec une voix presque métallique, ils sont totalement infondés. Je souhaite retrouver ces enfants autant que vous. J'espère que vous le comprenez. Vous le comprenez, n'est-ce pas ?

Majestic 3 faillit s'écrier qu'il le comprenait. Il se retint de justesse. Il s'en voulait terriblement d'avoir pu penser, même un instant, que Majestic 7 n'était pas de son côté. Jamais il n'aurait pu compter sur un meilleur allié !

Majestic 7 prit le temps de calmer sa respiration. Certaines « discussions », où il se devait d'être persuasif, lui demandaient un gros effort. Lorsqu'il se sentit mieux, il reprit, d'une voix normale, sans intonations particulières et, surtout, sans le magnétisme qui imprégnait chacune de ses phrases précédentes :

– Vous vouliez me dire autre chose ?

Majestic 3 sursauta.

– Je… Non. Ou plutôt si. Avez-vous déjeuné ?

– J'ai préféré voyager le ventre vide. Les trajets en hélicoptère me réussissent mal.

– Je vais vous faire servir un repas dans le jardin. Les arbres sont tous en fleurs. Ils sont magnifiques, cette année !

La nouvelle doctrine spatiale des États-Unis telle que la décrit la New Space Policy est intéressante à plus d'un titre. En effet, il y est clairement affirmé que « *la sécurité nationale des États-Unis dépend de façon critique de leur capacité spatiale et cette dépendance continuera de croître. Les États-Unis préserveront leurs droits et leur liberté d'action dans l'espace ; dissuaderont les autres d'empiéter sur ces droits ou de se doter de la capacité de le faire ; répondront à toute forme d'ingérence ; et nieront, si nécessaire, aux adversaires le droit à l'acquisition d'une force spatiale propre à menacer l'intérêt national américain. Les États-Unis s'opposeront au développement de nouvelles législations ou de restrictions cherchant à interdire ou à limiter l'accès des États-Unis à l'espace ou à l'usage de l'espace ».*

L'idée que l'intérêt national américain supplante les droits de tous n'est pas nouvelle. L'agression de la Serbie et de l'Irak, au mépris du droit international et des décisions de l'ONU, ou encore l'impunité dont bénéficient les ressortissants américains à l'égard du Tribunal pénal international n'en sont que les exemples les plus récents et les plus visibles.

Ce qui est nouveau, par contre, c'est qu'il ne soit plus fait mention, comme dans les textes précédents, d'un espace civil et commercial fondé sur une coopération internationale. En raison du droit du plus fort, les États-Unis se réservent l'espace comme un gigantesque terrain de jeux privé. Ils auraient tout aussi bien pu réquisitionner les eaux internationales du globe, cela n'aurait pas été plus énorme.

Alors pourquoi cette évolution ? Encore le syndrome du 11 septembre et la peur des terroristes de l'espace ? La crainte que la Chine pousse ses cercles d'influence jusque dans les étoiles ? Peut-être. Mais il existe une autre explication : à l'heure où l'espace commence à devenir véritablement accessible, les États-Unis ont peut-être des choses à cacher. Sinon, ils ne se garderaient pas le droit d'en interdire, ou du moins d'en contrôler l'accès…

(Extrait d'*Enquêtes occultes*, par Kevin Brender.)

9

Lapideus, a, um : en pierre, dur

Je repasse souvent dans ma tête l'épisode de l'aéroport. Dans les moindres détails. Parce qu'il faut que je réfléchisse sérieusement à sa signification et à ses troublantes implications. Je ne parle ni de la colère ni des actes de Violaine, non. Mais du fait que j'ai eu accès à son monde. Un accès inexplicable, lourd de conséquences. Je n'étais pas à ce moment précis une simple spectatrice. Les dragons de brume m'ont vue. Ils savaient que j'étais là. Ce qui veut dire qu'ils auraient pu m'attaquer, et que j'aurais eu la possibilité de me défendre. Je suis persuadée que Violaine n'a pas mesuré la portée de l'événement. De plus, cet épisode est en train d'agir chez moi à la façon de la madeleine de Proust. Des souvenirs que je croyais perdus reviennent me hanter. Et dans ces souvenirs, j'apercevais des choses que les autres ne voyaient pas…

5 jours 3 heures 3 minutes avant contact.

Claire pénétra avec soulagement dans l'église. La température y était nettement plus supportable qu'à l'extérieur. Nicolas la guida jusqu'à un banc posé le long du mur.

– Je te laisse, dit-il comme pour s'excuser.

– Ne t'inquiète pas, je reprends juste des forces et je vous rejoins.

Elle regarda son ami partir d'un pas pressé. Elle avait menti et Nicolas le savait bien : elle était épuisée et totalement incapable de reprendre l'examen minutieux du vieux bâtiment auquel Arthur et Goodfellow les avaient astreints ! La fraîcheur relative lui fit du bien. L'église était grande, déserte et vide, sans charme particulier. Ça aurait très bien pu être une grange, si ce n'était le chœur, rococo à souhait et l'orgue de bambou, à l'étage. L'intérêt de l'église de Baclayon résidait surtout dans son clocher indépendant, qui se dressait juste à côté, et dans le fait que c'était le plus vieil édifice religieux des Philippines. Il avait été érigé par des jésuites en 1595, moins de trente ans après le passage de Legazpi. C'est là que Goodfellow espérait trouver le symbole templier qu'ils avaient vainement cherché à Cebu, inspectant les lieux pierre après pierre, sans autre résultat pour l'instant que d'avoir été obligés de boire des litres d'eau.

Claire cessa malgré elle de songer à ses amis en train de fouiller et ses pensées repartirent vers les statues en bronze, sur le front de mer, qui jouaient dans un défi au temps la scène du pacte de sang conclu entre Legazpi et le chef local Sikatuna. Car c'était près de Baclayon que le navigateur avait d'abord posé le pied avant de gagner Cebu ! Qu'un conquistador ait pu, sans a priori, mettre de côté ses propres croyances pour accepter celles des indigènes, cela l'avait profondément touchée.

Claire fit défiler ensuite dans sa tête les images de leur arrivée au port de Tagbilaran. La capitale de Bohol était une ville encombrée, saturée de voitures et de fils électriques posés n'importe où et n'importe comment. Legazpi, lui, avait eu une autre vision de l'île à son arrivée ! Claire se dit qu'elle aurait préféré boire un peu de sang plutôt que d'avaler la fumée de tous ces pots d'échappement… Heureusement, ils s'étaient engouffrés dans un taxi et avaient quitté les lieux au plus vite, filant le long de la côte vers l'est. Renouant le fil de sa mémoire, Goodfellow les avait guidés jusqu'à Baclayon, quelques kilomètres plus loin.

Sa rêverie ramena Claire au travail que ses amis effectuaient à l'extérieur, dans une chaleur pénible. À sa grande surprise, Violaine avait accepté de bonne grâce son rôle d'apprentie archéologue. Claire ne savait plus quoi penser. Leur amie était tantôt soumise, tantôt rebelle, tantôt adorable et tantôt infecte. Aussi les sentiments de Claire oscillaient-ils désormais entre une confiance héritée des moments vécus ensemble et une peur émanant de l'avenir. Peur de quoi ? De la perdre, en y réfléchissant calmement. Elle savait qu'un autre aussi en souffrait ; les yeux d'Arthur parlaient pour lui. Il vivait difficilement cette transformation de Violaine en étrangère. Quant à Nicolas… Qui savait ce que pensait vraiment Nicolas derrière ses airs de clown ?

Puis elle entendit des bruits de pas. Quelqu'un était

entré dans l'église. Elle tourna la tête et aperçut un homme qui se dirigeait tranquillement vers l'autel. C'était un Occidental du genre balèze, habillé comme un touriste avec une chemisette aux couleurs criardes et un pantalon de toile claire. Plusieurs détails éveillèrent immédiatement la méfiance de Claire. D'abord, l'homme ne portait pas l'appareil photo ou la caméra habituels du touriste. Ensuite, il lui avait souri, sans avoir l'air surpris par sa présence. Enfin, il ressemblait furieusement à l'individu que Nicolas leur avait décrit et qui les suivait depuis Manille ! Le cœur battant, Claire s'apprêtait à se lever pour s'enfuir quand l'homme s'adressa à elle.

– *Red-hot, isn't't ?*

Il se signa devant la croix puis observa la jeune fille avec un grand sourire. Claire comprit qu'elle ne pourrait pas quitter l'église. L'homme s'avançait déjà vers elle. Elle décida de gagner du temps.

– Je ne comprends pas l'anglais !

– *How !* fit l'homme ravi avant de reprendre avec un accent monstrueux : Française ? Jack adore Française !

– Ah oui ? fut tout ce qu'elle trouva à répondre.

– Alors, continua-t-il en s'asseyant à côté d'elle sur le banc qui grinça sous son poids, tu et petits camarades jouer à l'*archeology ?* Pas très raisonnable !

– Pourquoi vous dites ça ?

Il fit semblant de soupirer.

– Jack avoir *friends* pas aimer fouineurs. Fouineurs comme vilaines bêtes, tout abîmer ! Alors *friends* engager belette pour chasser vilaines bêtes.

Il éclata de rire, très content de sa démonstration.

– Et vous êtes cette belette, heu, Jack ?

Il hocha vigoureusement la tête avant de darder sur Claire un regard féroce.

– *Yeah*. Alors tu dire quoi chercher ici avec petits camarades.

– Dites-moi d'abord qui sont ces « amis » qui vous ont engagé. Je suis sûre que… Aïe !

L'homme venait de lui prendre le bras et le serrait dans sa main puissante.

– Jack poser les questions.

Claire sentit les larmes lui monter aux yeux. Ses amis à elle étaient dehors, tout proches ! Et ils ne pouvaient pas l'aider. C'était un cauchemar…

– Ça y est ! J'ai trouvé quelque chose !

Arthur passait et repassait la main sur la pierre couverte de lichen noir qu'il venait de découvrir, à hauteur de genou, sur le mur ouest du clocher. Ses amis se dépêchèrent de le rejoindre. D'une main tremblante, le garçon désigna le symbole de la triple enceinte. Goodfellow poussa un rugissement triomphal.

– Je savais que je n'étais pas fou !

Nicolas se jeta dans les bras du vieil homme et ils dansèrent en riant.

Indifférent à cette manifestation de joie, Arthur continuait à gratter la pierre. Sous ses efforts, un croissant de lune sculpté accompagné d'une phrase en latin émergea bientôt du lichen.

– J'ai déjà vu ça à Santa Inés, dit-il tandis que ses

amis retrouvaient leur sérieux. Sur une des caisses en bois des Templiers, il y avait le même croissant de lune, accompagné du début de la phrase : *In occultis locis…*

– Ce qui signifie, poursuivit Goodfellow : « En des lieux obscurs » ou « secrets… »

– Là, c'est la phrase complète ! reprit Arthur. L'usure avait effacé la fin, sur la caisse : … *stellæ occultantur.* « Les étoiles se cachent ».

– Super ! grimaça Violaine. Et maintenant ?

Arthur et Goodfellow échangèrent un regard.

– Eh bien, c'est un progrès indéniable, répondit le vieil homme en se raclant la gorge. C'est la preuve irréfutable du lien entre l'île patagone des Tecpantlaques et cette île philippine où sont venus Magellan, Legazpi et les jésuites qui ont construit cette église.

– Je ne comprends pas, dit la jeune fille en fronçant les sourcils. Ce n'est pas cette église, la « construction tecpantlaque admirable » ?

– Non, reprit patiemment Arthur. Cette église a été construite au XVIe siècle. Les Templiers sont venus ici au XIVe siècle.

– Ce qui veut dire que la construction templière n'existe peut-être même pas, conclut-elle désabusée.

– La « construction tecpantlaque admirable » existe ! martela Goodfellow. Vous avez vu de vos yeux, à Santa Inés, la « forteresse particulière » annoncée par Marco Polo. Pourquoi la suite de son récit serait-elle fantaisiste ? Seulement cette construction est cachée et bien cachée, c'est évident. Tout ce qui peut nous y conduire est le bienvenu.

– On a l'habitude des énigmes et des jeux de piste, commenta Nicolas en prenant un air blasé. Vous êtes sûrs que le Doc n'a pas un ancêtre templier, par hasard ?

Le rire fatigué d'Arthur répondit à la plaisanterie du garçon.

– Je propose que l'on poursuive les recherches, dit Goodfellow. Arthur a trouvé une pierre gravée, il y en a peut-être d'autres. Mises côte à côte, les pièces du puzzle nous raconteront tout, vous verrez !

Claire commençait sérieusement à paniquer. L'homme ne desserrait pas l'étau autour de son bras. S'il continuait, il lui briserait les os comme des brindilles.

– Je ne comprends pas ce que vous voulez, gémit-elle.

– Travail de belette, c'est repérer fouineurs, suivre fouineurs, éliminer fouineurs si fouineurs dangereux. Jack répérer vous à Manila. Instinct a dit de suivre tu et petits camarades. Mais Jack pas savoir encore si tu et petits camarades dangereux.

– Vous vous trompez ! Nous ne sommes pas des fouineurs ! Nous sommes venus en vacances aux Philippines avec notre professeur d'histoire, balbutia Claire qui, malgré la douleur qui lui vrillait le bras, réfléchissait à toute vitesse. C'est parce que sa femme est philippine. Nous nous intéressons beaucoup à l'histoire espagnole. C'est vrai, je vous jure !

L'homme parut réfléchir puis relâcha le bras de la jeune fille.

– Peut-être vrai. Quoi chercher petits camarades, dehors ?

– Ils dessinent un plan détaillé du clocher. C'est le plus vieux bâtiment des Philippines. On veut faire un exposé dessus, pour l'école.

– Ça vrai, très vieux, reconnut l'homme en sortant une cigarette de sa poche et en l'allumant avec un briquet métallique. Mais toujours problème.

Claire retint sa respiration.

– Jack peut-être tromper. Continuer à surveiller petits camarades et si vraiment pas dangereux, vie sauve. Mais pas tu. Pas possible, tu comprendre ?

Elle secoua la tête vigoureusement en le fixant de ses grands yeux implorants.

– Tu voir Jack. Visage de Jack. Pas chanceuse... Mais si tu pas bouger, pas avoir mal. Rapide. Jack professionnel.

Il tendit sa main gauche vers la gorge de Claire.

L'arrivée d'un groupe de touristes avait ralenti les recherches qui reprirent de plus belle sitôt qu'ils furent repartis. Bientôt, Nicolas hurla quelque chose. Le garçon bondissait, surexcité, devant une pierre qu'Arthur nettoyait soigneusement.

– Je les ai trouvées, cette fois c'est moi qui les ai trouvées !

– Trouvées quoi ? demanda Violaine en accourant.

– Les étoiles, répondit Arthur.

Sous la couche de crasse, en effet, trois étoiles finement sculptées commençaient à apparaître.

– Comment tu as fait pour les voir ? commença Violaine avant de secouer la tête. Non, c'est une question idiote, tu les as vues, c'est tout.

– Nous disposons à présent de deux précieux indices, récapitula Goodfellow en félicitant le garçon d'une claque sur l'épaule. L'un qui parle de « lieux secrets » et « d'étoiles qui se cachent », l'autre qui montre justement ces étoiles.

– Ça ne signifie rien. Il existe sûrement d'autres indices, suggéra Violaine. Oh, je sens le truc interminable !

– Je ne crois pas, objecta le vieil homme. Avant que Nicolas nous appelle, on avait regardé partout. On commençait d'ailleurs à désespérer ! Et puis, ces deux indices ont une vraie cohérence. Il y en a un qui annonce, l'autre qui indique, l'un ne fonctionnant pas sans l'autre.

– Si on tourne l'énigme de façon logique, proposa Arthur, les lieux secrets pourraient être la fameuse « construction admirable » des Templiers. En ce cas, on la trouverait là où « les étoiles se cachent ».

Une illumination le traversa.

– La pierre aux étoiles se trouve où ? demanda-t-il.

– Ben, là, dit Nicolas en la montrant sous ses yeux.

– Je veux dire géographiquement ?

Goodfellow sortit une boussole de sa poche.

– Ouest-sud-ouest.

– Si on lui tourne complètement le dos pour faire disparaître les étoiles, ça donne donc est-nord-est. Qu'est-ce qu'il y a dans cette direction ?

– Les fameuses Chocolate Hills, dit Goodfellow

après avoir déplié une carte. Mille deux cent soixante-huit mamelons couverts de grandes herbes marron.

– Des… mamelons ? hésita Nicolas en faisant une moue dégoûtée.

– Des collines en forme de cône, précisa Arthur. De gigantesques taupinières. D'après les photos du guide, le paysage est extraordinaire.

– C'est loin ? demanda Violaine qui ramassait déjà ses affaires.

– Cinquante-quatre kilomètres jusqu'au point de vue principal situé sur le complexe touristique de Carmen, dit Arthur. Environ quatre heures de bus, moins si on loue un taxi.

– Alors va pour le taxi, dit Violaine. On a perdu assez de temps. Et puis on a les moyens, pas vrai Harry ?

Goodfellow ne trouva rien à redire.

– Je fonce chercher Claire ! annonça Nicolas. Il faut qu'elle voie le signe des Templiers, et puis les étoiles et la phrase latine, avant de partir !

Claire vit la main de l'assassin s'approcher de son cou. Instinctivement, elle ferma les yeux. *Voilà, c'est fini. C'est donc ça, la mort ? Cette impression de drap froissé, de lumière blanche ? Pourquoi est-ce que je respire encore ? Il faut que je regarde, que je regarde à quoi ça ressemble…* Lorsqu'elle les rouvrit, la main de Jack était figée à quelques centimètres d'elle. *Non, pas la mort. Juste l'intervalle. L'intervalle pendant lequel tout est possible. L'intervalle qui m'appartient…* Elle glissa sur le banc hors de portée et vint se camper devant l'homme qui avait essayé de la tuer, aussi immobile qu'une statue de cire au musée Grévin. La fumée de sa cigarette elle-même restait en suspension dans l'air. *Je n'aime pas les méchants messieurs. Les méchants messieurs doivent être punis. Celui-là n'est pas un vampire mais il est mauvais quand même. Autrefois on chassait le mal avec le feu...* La main de Claire vint prendre la cigarette des doigts de l'assassin. *Ce qui se passe dans l'Intervalle possède son propre sens. Je suis Autre et rien n'est pareil. Je suis ma propre loi...* Avec le même détachement qu'au moment de crever l'œil d'Agustin dans la grotte de Santa Inés, elle approcha le bout rougeoyant du visage de l'homme et le planta dans un œil puis dans l'autre. *Voilà, c'est mieux comme ça. Le méchant monsieur ne pourra plus voir les autres le voir. Comme ça, il n'aura plus jamais besoin de tuer...* Elle fit un pas en arrière, deux, puis elle s'écroula à côté de la porte, inanimée.

Un hurlement en provenance de l'église fit tressaillir Goodfellow, Arthur et Violaine qui se mirent aussitôt à galoper vers l'entrée. Nicolas, plus proche, fut le premier à se précipiter à l'intérieur. Le spectacle qu'ils découvrirent les plongea dans la stupeur. Claire était allongée sur le sol, évanouie, et un homme se roulait par terre au pied d'un banc, les mains sur les yeux, gémissant et accusant un démon de l'avoir torturé...

Clarence referma son ordinateur d'un geste sec. La colère avait chassé son inquiétude. Sans s'en rendre compte, il serra les mâchoires. Si Rudy disait vrai (et il n'avait aucune raison de ne pas le faire, c'était quand même le Grand Stratégaire !), son vieux camarade, le colonel Black, était passé à l'ennemi. Pire, Black possédait des informations qui, manipulées par des mains averties, pouvaient mettre son frère en danger. Rudy lui avait encore une fois demandé de se faire oublier. Mais Clarence avait déjà pris sa décision, une décision qu'il verrouilla définitivement. Personne ne ferait de mal à Rudy. Il traquerait ces salopards un par un et il leur ferait la peau. Quitte à saigner la moitié des États-Unis !

Il consulta sa montre. Le bus en provenance d'Abilene devait arriver en ce moment même. Clarence quitta le café, traversa la gare routière et s'approcha du quai sur lequel venait de se garer un autobus gris dans un grand chuintement d'air décompressé. Un colosse en bras de chemise s'extirpa du véhicule, faisant grincer les ressorts des suspensions. Matt s'était élargi pendant sa convalescence. Lorsqu'il aperçut Clarence, son visage s'illumina.

– Boss ! Je suis si content !

Il peinait lamentablement à trouver ses mots. Pour dissimuler son embarras, il alla récupérer un énorme sac de sport dans la soute puis revint devant son patron, un grand sourire idiot aux lèvres. Clarence fronça les sourcils.

– Tu boites ?

– Un souvenir de ma chute dans la source, boss. Mais je marche encore très bien ! Je me suis entraîné, je suis en pleine forme !

Le géant ne souriait plus. Il affichait au contraire

une détresse poignante. Clarence sentit dans la voix de Matt la peur d'être renvoyé, d'être abandonné à nouveau. La détresse de son ancien complice, qui révélait ses sentiments plus qu'aucun mot n'aurait su le faire, réconforta Clarence autant qu'elle l'amusa.

– Eh bien, mon vieux, on forme une jolie équipe d'éclopés ! Allez viens, je t'offre une bière. On a des choses à se dire.

Matt poussa un soupir de soulagement et lui emboîta le pas.

– J'en reviens pas, boss, dit Matt pour la troisième fois en jouant avec son verre vide. Je n'imaginais pas ça de la part d'Agustin. Vous avez bien fait de lui régler son compte ! Mais ces gosses qu'on poursuivait, boss, vous les avez aidés ?

– Je n'ai pas le temps de t'expliquer, Matt. Je te demande de me faire confiance. Je sais que la fille qui s'appelle Violaine t'a fait du mal. Mais les choses ne sont pas aussi simples qu'on le voudrait. Enfin. Rassure-toi, il n'est pas question de gamins cette fois-ci.

Matt ne comprenait rien à cette histoire, mais il était soulagé de ne pas avoir à protéger lui aussi la sorcière. Il tendit l'oreille.

– On a un problème qui s'appelle Black, commença Clarence. C'est un colonel qui bosse pour la NSA et pour d'autres personnes moins recommandables.

– Un agent double ?

– Tu as tout compris, Matt. Il faut qu'on s'en occupe, qu'on sache ce qu'il sait et qu'on le liquide. Ça te va ?

– Ça me va, répondit Matt avec un grand sourire. J'aime quand les choses sont claires ! Le Grand Stratégaire est dans le coup ?

Le visage de Clarence s'assombrit.

– Oui, il est dans le coup.

– Alors j'imagine qu'on sait déjà où trouver ce colonel ?

– Oui.

Clarence n'ajouta pas qu'il n'avait pas eu besoin de Rudy pour ça. Black et lui étaient de vieilles connaissances, trop vieilles peut-être puisque son camarade semblait avoir oublié à quel point lui, Clarence, détestait les mouchards...

Quand faut y aller, petit, faut y aller.

(Extrait de *Préceptes de hussard*, par Gaston de Saint-Langers.)

10

Se avertere : se détourner, se tourner d'un autre côté

J'ai encore rêvé d'elle cette nuit. Ce n'était pas un cauchemar, non. Tout le contraire, même ! Du coup, le cauchemar, c'est quand je me réveille et que je la vois. Lointaine. Distante. Froide. Une drôle de lueur dans le regard, comme si elle n'était pas seule à l'intérieur d'elle-même. Pourquoi est-ce que je ne faisais pas ces rêves quand elle était encore accessible, presque gentille ? D'un autre côté, j'aurais alors peut-être été tenté d'aller la voir et de lui parler. De mettre mon cœur à nu, pourquoi pas ? Alors que maintenant, aucun risque de faire une chose aussi idiote...

5 jours 1 heure 49 minutes avant contact.

– Tu te sens mieux ? demanda Arthur à Claire qui reprenait doucement ses esprits, allongée sous un arbre à proximité du clocher.

– L'assassin... Il faut faire attention...

– Ne t'inquiète pas, il est toujours dans l'église. Il a hurlé un moment puis il s'est évanoui. À cause de la douleur, certainement. Violaine est restée pour le surveiller.

– Où est Nicolas ? demanda-t-elle en regardant péniblement autour d'elle. Et Harry ?

– Ne t'agite pas, reste allongée, la gronda gentiment le garçon. Ils sont partis à Baclayon pour louer une voiture. Moins on traînera ici et mieux ça vaudra.

– Oh oui !... Vous avez trouvé quelque chose ?

– Le symbole de la triple enceinte !

– C'est vrai ? Alors Harry...

– Il avait raison et on a bien fait de le suivre. Mais ce n'est pas tout !

Il lui raconta l'épisode de l'inscription latine et des étoiles sur le clocher, ainsi que la déduction qu'ils avaient tirée de cette découverte.

– Il y en a combien de ces Chocolate Hills ? demanda Claire après un instant de réflexion.

– Mille deux cent soixante-huit.

– Ça fait beaucoup.

Arthur ne trouva rien à répondre. Claire venait de résumer en une phrase toute la difficulté de l'étape suivante.

Un bruit de Klaxon précéda une Jeep couverte de breloques tintinnabulantes qui se gara dans l'herbe devant eux.

– Claire ! s'exclama Nicolas en surgissant du côté passager.

Le garçon se précipita vers elle.

– Je suis content que ça aille mieux !

– Bah, répondit-elle, heureuse de le voir, vous devez

commencer à avoir l'habitude de mes évanouissements !

– Installons-la dans la voiture, dit Goodfellow en ouvrant la toile arrière. J'ai prévenu la police, elle ne va pas tarder à arriver. Il faut partir. Arthur, où est Violaine ?

– Elle surveille l'église. Je vais la chercher.

– Aide-moi d'abord à transporter Claire.

Quelques minutes plus tard, le petit groupe au complet, Goodfellow s'engagea sur la route de Carmen et fit crisser les pneus.

– Le type dans l'église n'a pas bougé d'un cheveu, dit abruptement Violaine.

– Est-ce qu'il est… mort ? s'inquiéta Claire en s'agitant sur le siège arrière.

– Non.

– Comment tu le sais ?

– Je le sais, c'est tout, grogna Violaine. Est-ce que je demande à Arthur comment il arrive à retenir mille choses inutiles à l'heure ou à Nicolas comment il voit les vers de terre ?

– Lâche-nous, tu veux ? rétorqua Nicolas agacé. Vas-y Claire, on t'écoute.

– Cet homme a essayé de me tuer, révéla la jeune fille dans un souffle.

Un silence grave accueillit cette déclaration.

– Il parle un mauvais français. C'est un Américain, je crois. Jack… Il disait qu'il était une belette, qu'il surveillait les fouineurs et qu'il les éliminait s'ils étaient dangereux.

Goodfellow et Nicolas échangèrent un regard entendu.

– Dangereux pour quoi ? Pour qui ? questionna Violaine.

– Je ne sais pas. Il n'en a pas dit plus. Il a voulu m'étrangler, par sécurité, parce que je l'avais vu. Je… J'ai réagi sans réfléchir. J'étais très fatiguée. Je crois que je lui ai brûlé les yeux avec sa cigarette.

Arthur retint un hoquet de surprise. Plus rapide, Violaine tapota l'épaule de Claire en hochant la tête.

– Tu as bien réagi, ma grande. Il ne faut plus se laisser faire.

Arthur hésita à tempérer l'enthousiasme de Violaine puis, sentant qu'elle n'attendait que ça pour lancer de nouvelles piques, il renonça. Ça devenait pénible de se tenir sur la défensive sans arrêt.

– Ah ! dit triomphalement Nicolas. Du coup, vous me devez des excuses !

– Pourquoi ça ?

– Parce que j'avais raison ! On nous suivait bien depuis Manille !

– Cela pose un problème inattendu, intervint Goodfellow. Cet homme ne travaille sûrement pas seul. A-t-il prévenu quelqu'un de notre présence ? Si oui, alors nous n'avons pas beaucoup de temps avant que d'autres assassins se lancent à nos trousses.

– Il faut fouiller mille deux cent soixante-huit collines, soupira Claire. Si on arrive à en explorer, mettons, vingt par jour, il ne nous faudra pas moins de deux mois !

Nicolas et Goodfellow se regardèrent à nouveau.

– Vous savez quelque chose que nous ne savons pas ? leur lança Arthur, agacé par leur manège.

– En fait, répondit Goodfellow en sortant de la poche de sa chemise une carte de la région et en la donnant à Nicolas qui la déplia, nous avons travaillé pendant que vous vous reposiez ! Pas vrai mon garçon ?

– Oui ! répondit Nicolas avec un grand sourire. Harry a discuté avec tout un tas de gens en cherchant une voiture à louer. Il a appris des choses très intéressantes !

– Le tagalog ouvre en effet bien des portes ! dit le vieil homme avec un regard dans le rétroviseur pour Arthur.

– Bref, continua Nicolas en montrant un endroit sur la carte, il existe une zone au milieu de ces collines. Une zone franchement à part des circuits touristiques. Les gens d'ici évitent de s'en approcher. Ils disent que c'est le repère des *wack-wack* et des *aswang*.

– Des quoi ? demanda Arthur.

– Des sorciers et des vampires, traduisit Goodfellow. Plusieurs fois, les cadavres de villageois égarés ou trop curieux ont été retrouvés à la limite de cette zone, le corps vidé de leur sang. Les autochtones ont une peur terrible de l'endroit et l'évitent comme la peste.

– Vous croyez à ces histoires, vous ? lança Violaine avec une moue de dédain.

– Et pourquoi pas ? réagit Claire depuis sa banquette. On a déjà croisé la route d'un vampire, d'un ogre et d'un loup-garou !

– Du calme, dit Goodfellow conciliant, du calme. Bien sûr que je crois à ces histoires ! Même s'il ne faut peut-être pas en chercher l'origine dans la magie noire. Ce qui est sûr, c'est que des individus protègent farouchement cet endroit de toute intrusion. L'homme qui a essayé de tuer Claire en est une preuve supplémentaire ! Il ne nous reste plus qu'à découvrir pourquoi.

– Pas besoin de fouiller une à une les taupinières, c'est déjà ça, dit Claire soulagée.

– Le secteur en question concerne une dizaine de collines, confirma Goodfellow. Je pense qu'en nous rendant à proximité, nous pourrons encore affiner la zone de recherche. Si les talents de Nicolas sont bien ceux qu'il prétend.

– Je ne prétends rien, se récria le garçon en cherchant des yeux l'appui d'Arthur.

Mais Violaine le devança et approcha son visage de celui du vieil homme.

– Pourquoi vous dites ça ? demanda-t-elle, les yeux plissés. Vous n'avez pas confiance ?

On la sentait en position d'attaque. Arthur se fustigea d'avoir été si lent à réagir à l'appel muet de Nicolas. S'il avait pris tout de suite le contrôle de la discussion, celle-ci aurait pu être constructive. Maintenant, Dieu seul savait jusqu'où Violaine pouvait aller ! Il retint sa respiration.

Mais Goodfellow ne se laissa pas démonter.

– Garde ton agressivité pour les heures qui viennent, dit-il à la jeune fille d'une voix tranquille. Tu crois m'impressionner ? Moi, ce que j'ai vu jusqu'à présent, c'est surtout une bande de gosses susceptibles et capricieux, pas plus ! Tu ne crois pas qu'il est grand temps de me montrer ce que vous avez dans le ventre ? Je veux voir les enfants extraordinaires que traquent tous les services secrets de la planète ! Sinon, je reprends mes cliques et mes claques et je retourne à ma cavale solitaire. Au moins, je n'aurais plus à supporter votre mauvaise humeur et toutes vos chamailleries.

Claire, aussi anxieuse qu'Arthur, guetta la réaction de Violaine. Mais la jeune fille, désarçonnée, ne réagit pas. Elle se contenta de se rasseoir à sa place en grommelant. De toute évidence, Goodfellow avait marqué un point !

Le colonel Black commit une première erreur : troublé par les extraordinaires perspectives que lui ouvrait sa rencontre avec le MJ-12, il oublia de vérifier si le bout de papier à cigarette qu'il coinçait tous les jours dans la porte en quittant son appartement était en place. S'il l'avait fait, il se serait rendu compte que non et il n'aurait pas commis la seconde erreur. Black se rendit en effet directement dans le salon, se débarrassa de son arme sur le canapé et prit une bouteille de bourbon dans un meuble près de la télé. Lorsqu'il entendit la voix de Clarence derrière lui, c'était trop tard.

– Toujours accro au mauvais whisky, Everett ?

Black prit son temps pour se retourner. Son grand corps, souple et musculeux, était tendu comme un ressort. Mais Clarence se tenait hors de portée. Le colonel ne se relâcha pas pour autant. Son regard gris se posa sur son ancien camarade de promotion, un sourire narquois sur les lèvres.

– Tiens ! Quand on parle du loup, dit-il simplement de sa voix grave.

– Tu as parlé récemment de moi à quelqu'un, Everett ? Ça m'intéresse. Tu me racontes ?

Black prit sa décision. S'il n'agissait pas tout de suite, il était foutu. Cet imbécile de Clarence, sûr de lui comme à son habitude, ne brandissait même pas d'arme. Le colonel mit en branle tous ses réflexes acquis au cours de longues années d'exercices. Il bondit sur Clarence avec une vitesse stupéfiante. Il ressentit aussitôt un choc terrible au niveau de l'épaule. Déséquilibré, Black trébucha, renversant dans sa chute une colonne de CD et une pile de journaux.

– Quel impardonnable rustre je fais, dit Clarence en secouant la tête. J'avais oublié de te présenter Matt, un bon ami à moi. Matt, dis bonjour au colonel !

– Bonjour, colonel, fit une grosse voix depuis l'entrée de la cuisine.

Black, écarquillant les yeux de douleur, aperçut une espèce de géant goguenard qui pointait dans sa direction un pistolet de gros calibre équipé d'un silencieux. Il regarda son épaule droite. Elle était déchiquetée. Il aperçut même des débris d'os dans la plaie ouverte et grimaça en détournant le regard. L'artère n'avait pas été touchée. Le géant du nom de Matt connaissait son affaire.

Clarence s'approcha en boitant de Black qui gisait au sol. Il avait gardé les mains dans les poches de sa veste de chasse noire.

– Tsss, tsss, fit-il en s'asseyant dans le canapé. Je me doutais bien que tu allais faire l'idiot. Bah ! ce n'est pas grave. Il te reste une deuxième épaule. Pour l'instant en tout cas. Tu vois, mon ami Matt n'est pas du genre à faire le travail à moitié. Mais il t'a interrompu : tu allais me dire quelque chose ? Du genre, confession d'un mouchard ? Je t'en prie, commence et ne t'arrête surtout pas.

Black, haletant, fixa Clarence dans les yeux. Ce qu'il y découvrit lui ôta toute envie de tergiverser. Il soupira et se traîna au milieu des disques et des revues éparpillés sur le sol jusqu'au fauteuil, contre lequel il s'adossa, face au mercenaire.

– Je peux avoir un whisky ? dit-il en se tenant l'épaule et en étouffant un gémissement. Ça risque d'être long.

– Bien sûr. Matt, apporte deux verres ! Et méfie-toi de ce type comme de la peste. Un homme qui balance un camarade est capable de toutes les bassesses…

4 jours 23 heures 25 minutes avant contact.

La Jeep roulait aussi vite que le permettait l'état de la route en direction de la zone interdite délimitée sur la carte.

– On arrive bientôt ? demanda Nicolas en se tortillant sur son siège. Parce que c'est gentil de beaucoup boire pour lutter contre la chaleur, mais toute l'eau ne part pas en transpiration !

– Bientôt, promit Goodfellow.

Devant eux, juchés à l'arrière d'un camion transportant des poutres de bois, cinq Philippins, foulard noué sur la tête, les regardaient en riant.

– Je ne vois pas pourquoi ils se marrent, dit Violaine d'un ton neutre.

– Les Philippins aiment rire de tout et de rien, répondit Goodfellow. Ils ont une bonne nature. C'est indispensable pour survivre, quand on est confronté à une existence difficile.

– Tu entends ça, Violaine ? insista Nicolas. Rire est indispensable pour survivre dans les difficultés !

La jeune fille ne répondit pas, préférant laisser son regard errer parmi la végétation luxuriante qui prenait d'assaut la route depuis les bas-côtés.

Enfin, le véhicule quitta la route principale et s'engagea sur une piste qui serpentait au milieu des collines, à l'écart de tout lieu habité. Goodfellow ne tarda pas à s'arrêter et fit descendre tout le monde, au grand soulagement de Nicolas qui s'éclipsa discrètement. Puis il cacha la Jeep dans un buisson épais, avant de balayer les traces de pneus trahissant la manœuvre.

– Il vaut mieux marcher à partir de là, déclara Goodfellow. Le bruit d'un moteur s'entend de loin dans ce genre de vallée.

Puis, indiquant la colline la plus proche :

– L'idéal, ça serait de grimper là-haut pour faire le point. Moi, je déclare forfait tout de suite. J'aurai déjà du mal à vous suivre sur le plat ! Je garderai les sacs et tiendrai compagnie à Claire. Il vaut mieux qu'elle économise ses forces, elle aussi.

– Bon, les autres, vous venez ? lança Nicolas qui

avait réapparu et se dirigeait avec enthousiasme vers le mamelon.

Arthur prit le temps de récupérer une bouteille d'eau dans son sac. Puis Violaine et lui rejoignirent le garçon et ils commencèrent l'ascension. Ils s'efforcèrent de rester le plus possible à l'ombre. L'exercice était cependant éprouvant. En se retournant, Arthur aperçut Claire et Goodfellow sur le chemin. Il les envia.

Ils montaient tous trois en silence, pour économiser leur souffle, s'aidant des branches, puis des arbustes et enfin des touffes d'herbe.

– Eh bien ! dit Arthur en atteignant le sommet.

Puis aucun mot ne lui vint. Les brochures ne mentaient pas, c'était un paysage vraiment étonnant. Unique. Des centaines et des centaines de collines dressaient leurs formes arrondies sur une vaste plaine, à perte de vue. La forêt, extrêmement dense, couvrait certains des mamelons mais s'arrêtait la plupart du temps à leur pied, laissant place à de grandes herbes sèches dont la teinte brune rappelait celle du chocolat. Il se dégageait de ce site une impression étrange : celle de se trouver brusquement ailleurs, sur une autre planète.

– Waouh ! fut tout ce que Nicolas trouva à dire.

– Comment c'est possible, ça ? demanda Violaine en se tournant vers Arthur qui, sans le vouloir, évita son regard.

– Il y a deux millions d'années, expliqua le garçon en se laissant tomber dans l'herbe, l'île était recouverte par la mer. Une couche de sédiments s'est formée. Ensuite, quand les eaux ont baissé et que cette couche a émergé, l'acidité des pluies a peu à peu façonné le paysage. Voilà pour le comment. Mais aucun scientifique n'est en mesure d'expliquer le pourquoi de ces formes. C'est ce que dit le guide, en tout cas.

– On dirait des monuments, dit pensivement Violaine. Dressés à la gloire de quelque chose ou de quelqu'un. Ou alors, des bosses faites dans une tôle par un géant enfermé sous la terre. Ou encore des moignons, tendus dans une adoration.

– Moi je vois de grosses taupinières, ajouta Nicolas. Ou des fourmilières, élevées par des fourmis géantes.

– Autels ou fourmilières, peu importe. J'espère simplement que des Templiers sont vraiment venus jusqu'ici, commenta pensivement Arthur.

– Qu'est-ce qu'on fait maintenant ? demanda Nicolas.

– On sort la carte, on essaye de se repérer et on va rejoindre les autres, pour faire le maximum de chemin avant que la nuit tombe, répondit Arthur d'un ton las.

Quelque part dans les montagnes Rocheuses – États-Unis.

La table ronde en bois massif qui trônait au centre de la pièce semblait presque vide en l'absence de Majestic 3, Majestic 7 et Majestic 5, retenus ailleurs par les impératifs de leur mission. À l'extérieur, un hélicoptère s'envola presque silencieusement et Majestic 1 accompagna du regard, à travers les vitres blindées, sa descente dans la vallée.

– Bien, commença-t-il. J'ai des révélations à vous faire au sujet de ce mystérieux Grand Stratégaire dont nous a parlé le colonel Black lors de notre dernière réunion.

Les autres Majestics étaient suspendus à ses lèvres.

– Pour cela, il faut remonter aux années 1970. Rappelez-vous, l'affaire du Watergate et le président Nixon piégé par les manigances du FBI, contraint de démissionner pour éviter un scandale. Cette vilaine affaire, que nous n'avions pas vue venir, nous avait porté préjudice en permettant l'instauration en 1976 de la loi sur la liberté de l'information et la divulgation de documents sensibles. Nous avions alors habilement manœuvré et rien d'important n'était parvenu à la connaissance du public. Mais je m'écarte du sujet ! Revenons à Nixon. Juste avant de partir, rempli d'une colère froide, Nixon s'est juré de prendre sa revanche sur les grandes Agences d'État qui l'avaient abandonné ou trahi. Dans le plus grand secret, il a mis en place une structure minuscule, discrète mais redoutablement efficace, destinée à lutter contre les abus et les passe-droits du FBI et autres CIA. Cette structure est dirigée depuis le début par des hommes de l'ombre, exceptionnellement intelligents, qui n'ont de comptes à rendre qu'au président lui-même. Et celui-ci ne confie le secret qu'à son successeur. Cependant, la nature humaine étant ce qu'elle est, des personnes de l'entourage présidentiel entrent parfois dans la confidence ! D'après mes sources encore, l'individu actuellement en charge de cette structure parallèle utilise le nom de code de « Grand Stratégaire ».

Les révélations de Majestic 1 provoquèrent une grande agitation.

– Comment cela est-il possible ? rugit quelqu'un. Nous dépendons nous aussi du président ! Nous aurions été au courant !

– Sauf si le président se méfie de nous, répondit Majestic 1 sur un ton presque amusé qui ramena immédiatement le calme. Et il a de bonnes raisons de le faire ! Nous avons pris depuis longtemps, disons, une certaine autonomie. Comment lui reprocher de garder des secrets quand nous-mêmes nous en avons pour lui ?

Un silence gêné plana sur l'assemblée, que Majestic 1 rompit rapidement.

– Allons, pas de remords, je vous en prie ! Et laissez-moi vous annoncer une bonne nouvelle : grâce aux grandes oreilles du colonel Black, nous sommes parvenus à localiser la base à partir de laquelle opère ce Grand Stratégaire. Plusieurs unités spéciales se dirigent en ce moment même vers le nord de la Nouvelle-Angleterre. Le problème devrait être réglé dans moins de vingt-quatre heures. Le MJ-12 sera bientôt à nouveau l'unique secret des présidents...

Plus encore que l'assassinat de John Kennedy en 1963, le scandale du Watergate qui conduisit le président Richard Nixon à démissionner en 1974 reste l'exemple le plus célèbre de l'effroyable puissance des grandes Agences américaines...

C'est en effet Mark Felt, directeur adjoint du FBI et intime d'Edgar Hoover, qui déclenche en 1972 l'affaire du Watergate en utilisant deux journalistes du *Washington Post*. Il s'agit d'une « histoire très bizarre » (les mots mêmes du président Nixon) qui met en scène une équipe d'espions maladroits chargés de poser des micros au siège du parti démocrate. Arrêtés, ces apprentis espions déclenchent, avec leurs dépositions accablant leur hiérarchie, une réaction en chaîne. Une commission d'enquête sénatoriale est créée dont les auditions sont, comme s'il fallait préparer l'opinion, retransmises à la télévision. Lorsque Nixon s'abrite derrière le secret défense pour ne pas livrer, comme c'était son devoir, certaines pièces à la justice, les jeux sont faits. Le directeur de la CIA, Richard Helms, sollicité discrètement par Nixon pour contrer les manœuvres du FBI, se désolidarise de la Maison-Blanche. Après s'être farouchement défendu, seulement soutenu par quelques fidèles grognards, Richard Nixon préfère donner sa démission pour éviter la procédure de destitution. Son vice-président, Gerald Ford, lui succède et le gracie immédiatement, lui évitant le déshonneur…

On peut imaginer l'amertume de Nixon et, en proportion, la joie des Agences. Quel était le véritable enjeu du départ de Nixon ? Il reste aussi difficile à déterminer que celui de la mort de Kennedy. Mais les deux présidents avaient en commun des qualités qui passaient pour de vilains défauts aux yeux des patrons d'Agence : ils étaient intelligents et ils aimaient penser tout seuls…

(Extrait d'*Enquêtes occultes*, par Kevin Brender.)

11

Quæro, is, ere : chercher à savoir, demander

J'ai réfléchi depuis la dernière fois. Et si ce n'était pas des taches de couleur que je voyais ? S'il s'agissait d'autre chose ? Du genre dragon ? Ça paraît dingue au premier abord, mais Violaine voit et peut toucher les dragons des gens, c'est-à-dire leur essence ou leur âme, en fait je ne sais pas quoi exactement. Mes couleurs ? Peut-être qu'elles ne sont pas autre chose. Plus qu'une simple signature thermique, pourquoi ne seraient-elles pas elles aussi l'âme, le vrai visage des choses et des gens ? Bon, je me connais, j'ai des idées souvent farfelues ! Et je ne suis pas comme Claire, je ne suis pas facile à convaincre. Non, il faut que j'y réfléchisse encore…

4 jours 19 heures 38 minutes avant contact.

– Celle-là, dit Nicolas en désignant une colline imposante que le reste de la bande devinait seulement au milieu de l'obscurité.

Un mince croissant de lune les éclairait juste assez pour qu'ils se distinguent entre eux.

– Tu es sûr de ne pas te tromper ?

Le garçon aurait volontiers haussé les épaules s'il n'était pas allongé dans une position inconfortable, les joues et la nuque chatouillées par des herbes. Il se contenta de grommeler, avant de répondre à Goodfellow :

– C'est la seule colline qui est creuse. Il y a bien quelques constructions sur les autres, alentour, mais je pense que ce sont des postes de garde, des abris à sentinelles.

– Tu peux voir ce qu'il y a à l'intérieur ? demanda Arthur.

Nicolas secoua la tête. Le garçon avait enlevé ses lunettes noires et Arthur aperçut un instant ses étranges yeux gris aux reflets de métal.

– Seulement des taches de couleur floues. Je suis trop loin. Il ne faut pas exagérer, je n'ai pas de jumelles greffées sur les yeux !

Ils se turent. Goodfellow essaya de bouger pour voir au-delà des herbes qui couvraient le petit mamelon où ils s'étaient prudemment embusqués, à proximité de la zone interdite. Il ne réussit qu'à se faire mal aux coudes. Ce qui n'était pas malin, puisqu'il avait déjà mal partout ailleurs ! Crapahuter dans la jungle, ce n'était plus de son âge. Il étouffa une quinte de toux. Ses poumons le brûlaient. Il avait forcé dans la montée et en payait à présent le prix. Claire l'observait, inquiète, mais il la rassura avec un de ses bons sourires.

– Combien tu as vu de sentinelles ? demanda Violaine qui restait concentrée sur leur objectif.

– Quatre sur la colline de gauche et trois sur celle de droite, répondit Nicolas sans hésiter. Les postes ne sont pas tous occupés. Par contre, il y a une dizaine de soldats qui montent la garde devant ce qui semble être l'entrée principale, au pied de la colline creuse. Ça risque d'être chaud !

Goodfellow jura d'une voix rauque.

– Des soldats, tu dis ?

– En tout cas, ils ont les mêmes fusils que dans les films américains.

– Des M16, précisa Goodfellow songeur. L'affaire devient sérieuse. Plus que je le pensais. Il faut que cette colline abrite quelque chose de sacrément précieux pour justifier un tel déploiement ! Je commence à croire pour de bon à cette histoire de villageois assassinés...

– Ils ont des vampires avec eux, vous croyez ? demanda Claire, inquiète.

– Pourquoi ça ? s'étonna le vieil homme.

– Les cadavres vidés de leur sang...

– Non, Claire, répondit-il avec un sourire qu'il ne put réprimer. Il s'agit d'une mise en scène pour effrayer les gens. Pour leur enlever l'envie de venir traîner dans le coin.

La jeune fille ne parut pas plus rassurée.

– J'ai bien peur, annonça Goodfellow avec résignation, que notre aventure s'arrête là. Tant qu'il s'agissait de piste à remonter et d'énigmes à résoudre, on avait nos chances, on était dans la course. C'était un jeu, un jeu sérieux, un jeu d'adultes, mais un jeu malgré tout. Maintenant, on ne fait plus le poids. Quatre gosses et un vieillard face à une petite armée, il faut arrêter de rêver !

Un silence désapprobateur accueillit ses paroles.

– On vous a déjà raconté l'histoire de l'ogre, du vampire, du loup-garou et des quatre petits nains, monsieur Goodfellow ? dit Violaine d'une voix étonnamment douce qui les fit tous sursauter.

Goodfellow lui jeta un regard interdit.

– Non, je… Non.

– C'est une histoire un peu longue. Mais sachez qu'à la fin, ce sont les petits nains qui gagnent. Vous croyez que Claire a imaginé son agression dans l'église ? Que c'est une intervention divine qui l'a tirée des pattes de ce sale type ? Ce n'est plus un jeu depuis longtemps, Goodfellow, ça n'en a jamais été un et vous le savez. Alors faites un caprice à votre tour et partez si vous le voulez, personne ne vous retient. Quant à nous, eh bien on va aller voir ce qu'il y a là-bas.

– Ouais, bien répondu ! acquiesça Nicolas. J'aime quand tu parles comme ça. Violaine, le retour ! Tatatinnnnn !

Claire adressa un sourire à son amie. Même Arthur dut reconnaître, en lui-même, que la Violaine qui venait de parler ressemblait fort à celle qu'ils connaissaient et qu'ils aimaient.

– Ce n'était pas dans mes intentions de vous abandonner, rétorqua Goodfellow vexé. Si on ne se replie pas ensemble, alors on avance ensemble. Je reste.

– Excellent ! commenta Nicolas que la perspective de l'action excitait.

Il donna une bourrade au vieil homme, trop fatigué pour s'offusquer.

– Harry, vous allez finir par faire partie de notre bande ! continua-t-il. Bon, je ne vous cache pas qu'il y a des épreuves d'admission. Vous arrivez à manger combien de pots de Nutella à la suite ?

– Nicolas ! intervint Arthur. Reste sérieux, s'il te plaît. Tu as bien parlé tout à l'heure d'une entrée principale ?

– Absolument, confirma Nicolas en accentuant son sourire.

– Donc, il existe une entrée secondaire.

– Bravo, mon cher Watson ! Toi non plus tu ne me déçois pas, Arthur. Ah, si vous pouviez être tout le temps comme ça...

– Abrège !

– Sur le flanc gauche, à mi-hauteur, j'ai repéré un conduit d'aération qui débouche dans la végétation. Impossible de le voir sans vision spéciale. C'est sans doute pour ça qu'il n'est pas gardé !

– On peut y accéder sans se faire tirer dessus ?

– Il suffit d'éviter les postes de surveillance. Ce qui est un jeu d'enfant ! Enfin, un jeu d'enfant extraordinaire...

Clarence se fit ouvrir la porte du taxi par un groom et pénétra d'un pas assuré dans le hall, décidément trop moderne, du Park Hyatt Washington. Lui-même préférait les atmosphères classiques, peut-être un rien désuètes mais chaleureuses, tout le contraire de cet hôtel de luxe pour gens affairés et touristes pressés. Bah ! après tout, ce n'était pas lui qui y résidait. Le choix de cet établissement, en tout cas, révélait quelques traits du caractère de l'homme avec qui il avait rendez-vous. Et celui-ci lui était de moins en moins sympathique…

Il jeta à peine un regard sur les arbres étranges prisonniers de leur paroi de verre et pressa l'allure en direction de l'accueil éclairé par des panneaux de lumière blanche.

– Everett Black, annonça-t-il au réceptionniste. M. Smith m'attend dans sa chambre. Dites-lui que je suis venu avec les excellents gâteaux qu'il apprécie tant.

Le garçon composa immédiatement un numéro. Clarence espéra que les informations arrachées à Black l'autre nuit étaient exactes. Excepté la confirmation que le MJ-12 connaissait son existence ainsi que celle de Rudy, c'était tout ce qu'il avait pu obtenir de son ancien camarade de classe : un nom, un lieu et une date de rendez-vous, ainsi qu'un mot de passe. Si Black l'avait grugé, c'était foutu. Seuls d'autres cadavres pouvaient désormais lui tirer les vers du nez !

Clarence se mit à rire silencieusement. Peut-on rire de tout ? se demandent les domestiques peureux, terrorisés à l'idée de déplaire à leurs maîtres. Bien sûr qu'on peut ! C'est d'ailleurs préconisé par ce vieux hussard de Saint-Langers lui-même. Même sale, le rire reste le propre de l'homme…

– M. Smith vous attend, monsieur Black. Dans la suite présidentielle, au dernier étage.

– Suite présidentielle, dernier étage, répéta Clarence dans ce qui ressemblait à un bouton sur le col de sa veste.

Le réceptionniste leva un sourcil mais Clarence se dirigeait déjà vers les ascenseurs.

Il arriva à destination le temps d'un battement de paupières, dans un silence irréprochable. Il dut se plaquer contre le mur du couloir pour laisser passer un employé de l'hôtel particulièrement corpulent, vêtu d'un curieux blouson de ski, qui déboucha avec son aspirateur du deuxième ascenseur presque en même temps que lui. Clarence s'approcha de la suite présidentielle.

Comme prévu, la porte s'ouvrait sur l'intérieur. Prenant soin de rester sur le côté, hors de portée de l'œilleton, il donna plusieurs coups secs contre le bois précieux, selon une fréquence indiquée par le pas-du-tout-regretté colonel Black.

Clarence entendit des bruits de pas à l'intérieur. La porte s'entrouvrit sur un homme taillé comme une armoire à glace. Le garde du corps chercha des yeux Clarence, tapi contre le mur. Il arrêta son attention sur l'employé qui maniait l'aspirateur avec brutalité sur la moquette. C'était le moment. Encore quelques secondes et le garde comprendrait que quelque chose ne tournait pas rond. Clarence fit un signe à l'homme dans le couloir. Celui-ci lâcha aussitôt l'aspirateur et bondit, projetant en avant son impressionnante masse musculaire. La porte s'ouvrit complètement, se brisant sous l'impact qui projeta le garde du corps en arrière.

Le faux employé roula sur le sol du vestibule. Dans un mouvement fluide, il sortit une arme de son étui et tira sur le garde hébété. Un deuxième garde du corps eut à peine le temps de surgir de la pièce mitoyenne. Clarence était entré à son tour et l'élimina d'un coup de feu silencieux. Puis, sans ralentir, il enjamba les corps.

– Matt, souffla-t-il au passage, l'entrée.

Le géant récupéra un chargeur plein dans une poche de son blouson et se posta derrière la porte défoncée, prêt à empêcher toute intrusion.

Dans la pièce voisine, assis devant un bureau, un homme de grande taille pianotait frénétiquement sur un ordinateur portable, cherchant visiblement à effacer des dossiers. Un masque blanc était posé à côté de lui. Clarence, sans réfléchir, tira dans l'écran. L'ordinateur émit un bruit étrange avant de s'éteindre, brutalement.

– Jouer à la GameBoy, à votre âge ! Ce n'est pas très sérieux, lança-t-il joyeusement.

Pâle comme un mort, l'homme se tourna vers Clarence.

– Qui êtes-vous ? demanda-t-il d'une voix rauque.

Clarence avait déjà vu cet individu. À la télévision. C'était un personnage politique, ou bien un homme d'affaires. Peut-être un juge. Cela n'avait aucune importance.

– Vous me connaissez sous le nom de Minos, monsieur Smith. Monsieur Majestic devrais-je dire. Je me trompe ?

L'autre ricana.

– Mon pauvre ami. Vous ne savez pas où vous mettez les pieds ! Vous êtes un homme mort.

– Rectification, dit Clarence pas le moins du monde impressionné. Le colonel Black est un homme mort. Quant à vous, vous l'êtes presque. Moi je suis bien vivant et je vais vous en donner une preuve.

Il pointa son arme vers le plancher et tira. Majestic 5 hurla. Son pied gauche venait de disparaître, haché menu par une balle dum-dum.

– Il me reste cinq balles, monsieur Smith. Je les fabrique moi-même. Aussi, je souhaite autant les économiser que vous voulez garder vos membres. Je suis sûr, maintenant que nous nous connaissons mieux, que vous allez me confier quelques secrets.

Majestic 5 eut un rire nerveux et le regarda bien en face.

– Vous vous croyez fort, monsieur Amalric, parvint-il à articuler malgré la douleur. Peut-être parce que vous comptez sur votre Grand Stratégaire pour vous tirer du pétrin dans lequel vous venez de vous mettre. Grave erreur, vous savez ? En ce moment même, votre patron vit ses derniers instants. Et vous ne tarderez pas à le suivre.

Trop rapidement pour que Clarence ait le temps de réagir, il porta une main à ses lèvres, glissant dans sa bouche une capsule qu'il croqua violemment. Majestic 5 se raidit aussitôt sous l'effet du poison fulgurant.

– Merde, dit seulement Clarence en laissant retomber son bras qui tenait le pistolet.

Sans perdre un instant, il sortit d'une poche son

téléphone portable et composa un numéro d'urgence qu'il n'aurait jamais cru devoir utiliser. Rudy allait déguster, il fallait le prévenir ! Il compta les sonneries avec appréhension. Personne ne décrocha. C'était déjà trop tard.

– Merde, répéta-t-il encore.

Le regard de Clarence se troubla un instant puis il redevint froid. Comme de la glace…

Quand tout part en eau de boudin, petit, ris un bon coup, c'est tout ce qui reste à faire…

(Extrait de *Préceptes de hussard,* par Gaston de Saint-Langers.)

12

Mortalis, e : sujet à la mort

Qu'est-ce qui fait d'un individu un homme libre ? Des centaines de philosophes se sont posé la question sans jamais apporter de réponse convaincante. Parce que la liberté s'expérimente plus qu'elle se pense, sans doute. Moi qui ne suis pas philosophe mais seulement un homme à la vie bien remplie, je propose à ceux que cette interrogation taraude la piste suivante : l'homme sans chaînes n'existe pas, ou alors c'est celui qui repose six pieds sous terre. Est libre au contraire l'homme qui connaît ses chaînes, qui s'efforce de les choisir le moins pesantes possible, et qui enfin en supporte le poids avec courage. J'ai cru, il y a longtemps, me libérer en quittant ma famille et je suis tombé dans les griffes de mon travail. Je m'en suis évadé en révélant le secret d'un mensonge et je suis devenu prisonnier de ma fuite. C'est seulement aujourd'hui que j'ai compris qu'en liant mon destin à celui de ces enfants, j'avais agi pour la première fois en homme libre. Parfois, les actes qui nous paraissent fous sont peut-être les plus raisonnables…

4 jours 18 heures 2 minutes avant contact.

– Ahhh ! Et merde !

– Chut, Harry, taisez-vous ! chuchota Arthur en faisant les gros yeux à Goodfellow qui se relevait péniblement après avoir glissé.

– Désolé, répondit le vieil homme penaud.

– Regardez où vous mettez les pieds ! lança Nicolas au reste de la bande qui le suivait tant bien que mal dans la pénombre du couvert végétal.

– On fait ce qu'on peut, tu sais, répondit Claire sur le même ton. On ne s'appelle pas tous Œil-de-lynx !

– Ouais, eh bien faites gaffe quand même, parce que si on attire l'attention des sentinelles, lynx ou pas, on aura tous la fourrure trouée…

Ils progressaient tous les cinq depuis plus d'une heure, le garçon au regard métallique guidant tant bien que mal une colonne maladroite qui se heurtait aux pierres couvertes de mousse et aux branches tombées sur le sol. Nicolas avait choisi un itinéraire qui traînait en longueur mais qui les éloignait le plus possible des gardes et de leur vigilance.

Arthur se sentait troublé. Cette marche dans ce qui ressemblait beaucoup à une jungle lui rappelait, à chaque pas, le rêve étrange qu'il avait fait dans le bus de retour vers Santiago. Un temple redoutable l'attendait-il dans les profondeurs de cette colline ? C'était complètement idiot. Arthur secoua la tête, furieux contre lui-même. Mais il eut du mal à arrêter le flot de ses pensées. Et si Violaine se mettait à jouer le même rôle que dans son rêve ? Dans la même tenue ? Il eut soudain très chaud et regretta de ne plus marcher dans le lit du ruisseau. Il se serait volontiers aspergé d'eau froide.

Goodfellow trébucha encore une fois.

– Faisons une pause, proposa Claire qui voyait bien que, malgré tous ses efforts, le vieil homme ne parvenait plus à tenir le rythme.

– Plus on traîne et plus on a des chances de se faire repérer, dit Nicolas en secouant la tête.

– Et plus on trébuche, plus on fait du bruit, rétorqua Claire. On ne s'arrêtera pas longtemps, c'est juste pour reprendre notre souffle.

Nicolas soupira mais obtempéra quand même. Ils firent halte sous un arbre de taille modeste, au feuillage fourni.

Claire s'attarda un moment sur la silhouette du garçon. Nicolas n'était plus tout à fait le même. Il avait grandi. Peut-être était-elle seule à s'en rendre compte, mais il avait pris quelques centimètres. Ce n'était plus le gosse de la clinique. Bien sûr, il restait exaspérant et touchant en même temps, mais ses réflexions ironiques contenaient à présent cette maturité brouillonne de l'enfant engagé sur un chemin adulte. Il changeait comme ils changeaient tous. Enfin, ce n'était pas tout à fait vrai. Elle ne percevait aucune amélioration, aucune évolution chez elle. Violaine changeait (c'était même le problème !), Arthur aussi qui passait de plus en plus de temps plongé dans ses pensées et qui contrôlait de mieux en mieux les maux de tête qui l'agressaient. Mais pas elle. Oh ! elle n'était pas plus mal en point que d'habitude, non. Elle se sentait même en meilleure forme qu'à l'époque où ils étaient restés longtemps cachés dans leur planque souterraine, au beau milieu de la ville. Mais elle ne voyait aucune issue à son mal et cette obscurité liée à l'avenir la tourmentait. Même si (elle reporta son attention sur le vieil homme) elle avait en ce moment d'autres motifs d'inquiétude.

Goodfellow retint un cri de douleur quand il s'assit sur une grosse branche à moitié pourrie. Ses muscles le faisaient horriblement souffrir. Il lui semblait qu'il ne pourrait jamais aller plus loin. Et pourtant, il s'était déjà dit la même chose une demi-heure plus tôt, ce qui ne l'avait pas empêché d'avancer. Finalement, le plus dur dans un voyage, une expédition ou une escapade, c'était seulement la décision de partir ! Les vers d'un poète qu'il avait aimé dans sa jeunesse lui revinrent tout à coup en mémoire. Il les murmura du bout des lèvres, pour oublier ses jambes douloureuses et son souffle trop court.

– Partir, pour ne plus revenir… Échapper à l'étreinte glacée des jours imbéciles…

– Qu'est-ce que vous dites, Harry ? lui demanda gentiment Claire qui ne le quittait pas des yeux.

Elle était la mieux placée dans le groupe pour savoir combien il était difficile de peiner derrière les autres. Elle éprouvait un mélange de compassion et d'admiration pour Goodfellow, qui encaissait sa souffrance sans se plaindre.

– Rien, ma belle, répondit-il doucement. C'est de la

poésie, pas très bonne, mais c'est la seule qui me revient. Je me sens mieux ! Il faudrait repartir maintenant, avant que mes vieux muscles se refroidissent.

Nicolas l'entendit et lui adressa un regard reconnaissant. Il donna le signal. Ils reprirent leur progression en direction du conduit d'aération, détecté quelques heures auparavant du haut de leur poste d'observation.

– Chut ! intima soudain le garçon qui se tenait en tête de colonne. Arrêtez-vous et pas de bruit ! Je crois que j'ai vu quelque chose, un peu plus loin, devant nous…

Imitant Nicolas, ils s'accroupirent et s'efforcèrent de calmer leur respiration. Autour d'eux, tout semblait tranquille. Mais ils faisaient confiance à leur guide.

– Je me suis trompé, reconnut Nicolas après quelques minutes. J'avais cru que… C'est ma vision, elle se brouille. Ça arrive quand je suis fatigué. Allez, on repart, mais gardez l'œil ouvert !

– Tu en as de bonnes, grogna Violaine. On n'y voit pas à trois mètres.

– C'était une façon de parler, ce que tu peux être soupe au lait ! Et puis si vous n'y voyez rien, tant mieux. Les sentinelles, elles non plus, ne doivent pas voir grand-chose.

Une rafale d'arme automatique déchira le silence.

– Ahhhhhhh !

Claire hurla, terrorisée. L'espace d'une seconde, elle se revit dans la grotte de Saint-Maurice, le vampire Agustin vidant son chargeur dans le noir pour les tuer.

Instinctivement, elle porta la main à son épaule. Elle n'avait pas été touchée mais elle sentait la douleur de l'ancienne blessure se réveiller. Elle fut bousculée par Violaine et elle se retrouva avec les autres sur le sol, la tête dans les mains. Des balles se mirent à pleuvoir, frappant les arbres, fauchant les branches, déchiquetant les feuilles. Arthur avait plongé dans un buisson. Recroquevillé, il laissa passer l'orage meurtrier, se raidissant à chaque impact, s'attendant à recevoir un bout de métal dans le corps.

Puis le silence revint aussi brusquement qu'il s'était enfui.

Arthur s'obligea à se redresser. Il crut qu'il n'arriverait jamais à quitter son abri.

– Tout le monde va bien ? haleta-t-il en cherchant ses amis des yeux.

Il entendit sangloter sur sa droite.

– Claire ? C'est toi ? Tu… tu es blessée ?

Il rampa aussitôt dans sa direction et vit que Violaine et Nicolas étaient déjà auprès d'elle. Mais leur amie était indemne. Penchée sur le corps immobile de Harry Goodfellow, elle pleurait sans retenue.

– Il est mort… Ils l'ont tué… Ils l'ont tué… répéta Claire entre deux sanglots.

Le vieil homme, moins rapide qu'eux, n'avait pas eu le temps de se coucher. Touché à deux reprises, sa mort avait été immédiate.

– Mort ? dit Arthur d'une voix tremblante. Ce n'est pas possible. Non, ce n'est pas possible. Nicolas, dis-moi que ce n'est pas vrai !

Le garçon ne répondit pas. Le visage fermé, Nicolas se demandait comment il avait pu ne pas voir. Comment ses yeux avaient pu le trahir encore une fois, menant ses amis au désastre. Il ressassait tout ça dans son crâne, inlassablement, indifférent à ce qui l'entourait.

Pendant ce temps, devant eux, la forêt s'était brusquement illuminée. Des voix lançaient des appels. Des hommes approchaient.

– Ils vont le vider de son sang ! se mit à murmurer Claire les yeux écarquillés. Ils viennent le prendre ! Les vampires ! Il faut les en empêcher !

– Ne t'inquiète pas, gronda Violaine. Ils ne le prendront pas. Ils ne prendront aucun d'entre nous.

La jeune fille ne semblait pas choquée. Elle avait de la terre et des feuilles dans les cheveux, mais aucune peur dans le regard. De la colère, plutôt. Beaucoup de colère. Arthur hésita à s'approcher d'elle et à la prendre par les épaules pour la secouer, pour lui demander ce qu'elle comptait faire. Mais qu'est-ce qui pouvait être pire que le drame qui venait de les frapper ? Pire que la menace qui fondait sur eux en ce moment ? Violaine était la seule désormais à pouvoir les sauver, et quel qu'en soit le moyen, Arthur s'en moquait à présent. Après tout, peut-être que Violaine et Nicolas avaient raison : ils avaient été projetés dans un monde d'adultes, il fallait suivre les règles que les adultes avaient édictées. Des règles violentes. Comment on disait, déjà ? Ah ! oui, qui sème le vent récolte la tempête. Aussi Arthur choisit-il de laisser Violaine mener les choses à sa manière. Il ne dit rien. Il s'assit à côté de ses amis, se boucha les oreilles et ferma les yeux.

Violaine s'accroupit sur le sol. Elle resta immobile un moment, plongée dans une concentration intense. Puis elle redressa la tête, lentement, et poussa un grognement de bête. Ses doigts s'enfoncèrent dans la terre, profondément. Ses yeux se révulsèrent.

Le chevalier de brume se leva, emplissant la clairière de sa présence formidable. Il jeta au sol son casque, arracha sa cotte de mailles, brisa le bouclier contre son genou et lança au loin son épée. Puis des poils noirs et drus envahirent son corps nu. Des muscles saillants déformèrent sa silhouette. Sa bouche se transforma en gueule garnie de crocs tandis que des griffes tranchantes remplaçaient les ongles au bout de ses doigts. Le chevalier hurla et ce fut un hurlement de loup qui sortit de sa gorge. Puis il se tourna vers les dragons des soldats, inquiets, qui ondulaient à quelques pas. Il disparut dans leur direction, une lueur sauvage dans le regard et le visage éclairé par un sourire carnassier...

Les bruits de la poursuite cessèrent peu à peu. Sans un cri. Sans une plainte. Sans les bruits habituels d'une lutte. Dans le silence terrible qui s'instaura, les lumières des torches électriques, immobiles, éclairaient les arbres, suscitant un théâtre d'ombres et de fantômes.

– Violaine ?

Sous le regard indifférent de Nicolas et celui, indécis, de Claire, Arthur s'était approché de la jeune fille qui venait de rompre sa transe.

– Violaine ? répéta-t-il. Ça va ?

Elle ouvrit les yeux, papillotant des paupières. Elle regarda Arthur, puis Claire et Nicolas, avec une expression d'étonnement. Puis son menton se mit à trembler et elle pleura. Elle pleura longtemps, blottie dans les bras d'Arthur et réconfortée par Claire, à deux pas du corps sans vie de Harry Goodfellow.

Newport, Vermont, Nouvelle-Angleterre – États-Unis.

Le colonel Brett donna le signal de l'assaut. Aussitôt, les cinquante hommes de la section spéciale se déployèrent autour des bâtiments de la grosse ferme qui constituait leur objectif. Tout était étonnamment calme à cette heure. C'était un endroit charmant, isolé, entouré de prairies et de forêts qui évoquaient tout à fait certains paysages de la vieille Europe. Le lac Memphremagog, en contrebas, étirait sa silhouette longiligne en direction du nord et du Canada. Brett se dit que, quel que soit l'ennemi qu'ils étaient venus débusquer ici, et surtout quoi qu'il ait pu faire, c'était un homme de goût.

Une estafette vint le distraire dans ses pensées.

– Mon colonel, lieutenant Maws au rapport !

– Repos. Parlez, lieutenant.

– Les bâtiments sont déserts, mon colonel. Mais pas depuis longtemps. Les douches sont encore humides et les réfrigérateurs sont remplis. La section 3 a découvert un bunker au sous-sol, bourré d'informatique. Évacué lui aussi.

– Du matériel à récupérer ? demanda Brett sans illusion.

– Non, mon colonel. Un processus d'autodestruction a tout bousillé, d'après le sergent Richie.

– Continuez les recherches. Demandez à la section 2 de patrouiller dans les bois et à la section 4 de fouiller les berges du lac.

Le colonel Brett étouffa un juron. De toute évidence, ils étaient arrivés trop tard. Pas de beaucoup, visiblement, mais trop tard quand même. Leur cible avait-elle reçu des informations extérieures, ou bien les avait-elle repérés grâce à un système d'alerte élaboré qui aurait échappé à leur vigilance ? Dans tous les cas, le « big chief » n'allait pas apprécier...

Partir
pour ne plus revenir
Échapper
à l'étreinte glacée
des jours imbéciles
Marcher
le long des quais
Fouler
l'herbe fragile
et les fleurs fanées
Oublier
que l'on naît
rangé dans les rayonnages
d'un magasin de bricolage

S'en aller
sur des rails rouillés
jusqu'au bout du tunnel
voir si la lumière est belle

(Extrait de *Poèmes mineurs*, par John Rainbow.)

13
Evanesco, is, ere : s'évanouir, disparaître

Quand j'ai commencé à marcher, je me le rappelle maintenant, ma mère poussait des cris désolés. Je me cognais sans raison contre les murs, me mangeais les portes, renversais les pots de fleurs. Un problème de psychomotricité, avait diagnostiqué le médecin appelé en désespoir de cause à la maison. Je ne m'attarderai pas là-dessus, je n'ai rien de nouveau à révéler. Je voudrais par contre faire un gros plan sur « l'Intervalle ». Sur ce moment, cet instant extrêmement précis qui sépare chacun de mes pas, de mes gestes, quand je me déplace toute seule. Parce que si je me cogne contre le mur, c'est que je n'ai pas marché dans la pièce. J'ai marché ailleurs, dans un Intervalle qui, peut-être, n'appartient même pas à ce monde. Et dans cet Intervalle, il y a des choses. Des ombres, des mouvements. Cet Intervalle est habité…

4 jours 15 heures 36 minutes avant contact.

Claire tenait fermement la main de Violaine et celle de Nicolas. Arthur marchait en tête, les tirant tous trois derrière lui. Violaine avait repris conscience mais restait totalement apathique. Quant à Nicolas, il s'était muré à l'intérieur de lui-même. Claire faisait de son mieux pour rester forte. Sans l'énergie que déployait Arthur, elle aurait renoncé et se serait laissée aller au désespoir. Combien de fois avait-elle vécu une telle scène ? Ses amis sombrant, l'un après l'autre, dans de terribles léthargies provoquées par l'usage de leurs… pouvoirs ? Elle pensa à ce mot presque avec dégoût.

Quand Arthur et elle avaient réussi à remettre Violaine debout et à convaincre Nicolas de les suivre, ils s'étaient d'abord dirigés vers les lumières aperçues au milieu des arbres. Ils avaient buté contre des corps immobiles couchés sur le sol, des corps de soldats ou de mercenaires, c'était difficile à dire. Ni Arthur ni elle n'avaient voulu savoir s'ils étaient encore en vie. Ils avaient récupéré des lampes ainsi qu'une paire de jumelles à vision nocturne. Puis ils avaient continué dans la direction que Nicolas leur avait indiquée avant l'attaque.

Tout en marchant, les bras tiraillés par le poids de Violaine et de Nicolas, Claire essayait d'imaginer ce qui s'était réellement passé sous ces arbres. Sans contact direct avec Violaine, elle n'avait rien pu voir et devait se contenter d'imaginer. Ce qui était plus terrible encore. Qu'avait fait son amie cette fois ? Il n'y avait aucun zombie parmi les victimes. Cela signifiait qu'aucun dragon n'avait été tué. Quoi alors ? Le chevalier de brume avait-il trouvé un moyen pour s'en prendre directement aux humains ? C'était trop monstrueux pour continuer à y songer. Mieux valait attendre que Violaine retrouve ses esprits et leur parle.

– Je crois que c'est là, dit Arthur sans prendre la peine de baisser la voix.

D'éventuelles sentinelles auraient été prévenues depuis longtemps par la lueur des torches avec lesquelles ils cherchaient l'entrée du tunnel. Violaine avait bien fait le ménage.

Arthur écarta une branche et dévoila une grille qui fermait un conduit bétonné s'enfonçant en pente douce dans le ventre de la colline. Il était suffisamment grand pour qu'ils puissent s'y glisser en se courbant.

Claire jeta un coup d'œil à son amie et fut rassurée. Dans son état, Violaine ramperait sous terre sans ressentir d'angoisse et sans se poser de question !

– On y va ? demanda Arthur après avoir décroché puis tiré la grille plus loin.

Ce n'était pas une vraie question. Claire hocha la tête. Le garçon prit la tête de la colonne qui pénétra dans le tunnel.

Nicolas émergea de ses sombres pensées pour constater qu'ils ressemblaient tous les quatre à des fourmis rentrant dans leur fourmilière. Des fourmis, oui, voilà ce qu'ils étaient, des fourmis qui se prenaient pour des éléphants, gonflant fièrement leur poitrine ! Avant d'exploser lamentablement. Une rafale, une simple rafale et ce pauvre Harry était mort. Une seconde avant il avait mal aux jambes, une seconde après il ne sentait plus rien du tout. Lui qui avait passé sa vie à glisser, en artiste, entre les mailles du filet, il avait été bêtement cloué au sol par le métal d'une balle. Comme un papillon épinglé sur une planche. Et c'était lui, Nicolas, qui l'avait condamné en relâchant sa vigilance !

Le garçon ressentit le besoin terrible d'exprimer la colère et l'impuissance qui le taraudaient. Il donna un grand coup de poing contre la paroi du tunnel. La douleur lui arracha un cri.

– Nicolas, calme-toi ! dit Arthur en faisant volte-face aussi vite qu'il put dans le tunnel étroit.

Nicolas s'était recroquevillé sur lui-même, son poing blessé contre la poitrine. Arthur s'approcha de lui et murmura des paroles apaisantes qui finirent par produire leur effet. Nicolas hocha plusieurs fois la tête aux injonctions de son ami. Il finit par accepter la main qu'il lui tendait et se redressa.

Claire et Violaine se tenaient en retrait, dans la pénombre, la première se mordant les lèvres devant la détresse du garçon, la seconde émergeant lentement de la stupeur dans laquelle l'avait mise sa transe prolongée.

– On continue ou on rebrousse chemin ? demanda alors doucement Arthur.

Nicolas desserra les mâchoires en respirant un grand coup.

– Derrière nous, il y a le cadavre de Harry, dit-il d'une voix rauque. On continue !

– On continue, confirma Claire en adressant aux garçons un regard volontaire.

Violaine hocha à peine la tête mais son assentiment fut le bienvenu. Ils étaient dans un piteux état, choqués, sales, épuisés. Seulement ils étaient encore ensemble.

Clarence raccrocha, perplexe. Il avait eu raison d'insister, d'appeler encore et encore le numéro d'urgence qui le reliait directement à son frère. À la treizième tentative, il avait été terriblement soulagé d'entendre la voix de Rudy dans le téléphone. Encore plus d'apprendre qu'il avait échappé à un assaut en règle et qu'il se trouvait à présent hors de danger.

– Comment as-tu su qu'ils venaient ?

– Mon métier consiste à savoir, lui avait répondu laconiquement Rudy.

En déchiffrant les propos de son frère, Clarence comprit qu'ils n'étaient cependant pas passés loin de la catastrophe. Il avait donc proposé à Rudy de le rejoindre. Pour assurer sa sécurité. Celui-ci avait ri, ce qu'il faisait rarement. Il lui avait promis qu'il se débrouillait très bien tout seul et avait repoussé son offre. Mais il avait retrouvé tout son sérieux pour lui annoncer la suite : Clarence devait se remettre en chasse et retrouver les enfants. Impérativement.

– Pourquoi s'occuper de ces gosses alors que toi et moi courons un grand danger ? avait demandé Clarence, plus par curiosité que par étonnement.

– Parce que ces enfants courent un plus grand danger que nous. Et parce que leur venir en aide, c'est le meilleur moyen actuellement de faire mal au MJ-12.

Le Grand Stratégaire avait ensuite raccroché, laissant Clarence seul avec ses interrogations. Le mercenaire comprenait que s'intéresser à nouveau aux mômes pouvait faire diversion et agacer suffisamment les Majestics pour les détourner de Rudy. Mais il ne parvenait pas à comprendre pourquoi le MJ-12 tenait à ce point aux gosses. Il savait qu'il n'aurait pas de réponse avant de leur avoir mis la main dessus.

Clarence prit sur le bureau ce qui restait de l'ordinateur de Majestic 5 et, Matt sur les talons, il quitta la suite présidentielle.

4 jours 14 heures 18 minutes avant contact.

Le tunnel n'était pas très long. Il débouchait dans une vaste salle fortement éclairée. Arthur se laissa glisser prudemment sur le sol, suivi par ses amis. Ce qu'ils virent était si incroyable qu'ils en restèrent tous les quatre pantois.

Ils se trouvaient au cœur de la colline, dans une caverne gigantesque dont ils avaient du mal à distinguer le plafond. Étayant la roche noire, des murs de pierre taillée, des ogives et des arcs-boutants transformaient la grotte en cathédrale. On se serait cru dans les tréfonds de Santa Inés, à une échelle deux ou trois fois supérieure. Sauf qu'il ne s'agissait plus d'une forteresse mais d'une église. Une église occupée, habitée et aménagée. En effet, renforçant les constructions médiévales, des structures métalliques et d'épais panneaux de Plexiglas conféraient à l'ensemble une étonnante touche futuriste. À deux endroits, au centre, des puits avaient été creusés et équipés de ces ascenseurs grillagés que l'on voit parfois dans les mines. Sur le pourtour, cinq modules de verre et de plastique alimentés par un réseau de câbles constituaient des pièces isolées, bureaux ou laboratoires, nimbées d'une inquiétante lueur bleutée.

– Waouh ! fut tout ce que Nicolas trouva à dire.

Puis ils se rendirent compte qu'ils étaient seuls dans le complexe. Enfin, seuls à se tenir debout. Tout autour d'eux, des corps gisaient sur le sol. On aurait dit une scène de film catastrophe. Des corps d'hommes et de femmes en blouse blanche, en tenue de travail ou en uniforme militaire. Fauchés en pleine activité. L'un d'eux tenait un plateau qui s'était répandu dans la poussière quand il s'était écroulé. Une autre avait renversé sa tasse de café sur sa chemise. Aucun garde n'avait déverrouillé son arme. Quelque chose était arrivé, d'extrêmement violent et de très rapide. C'était comme si une vague invisible avait balayé la pièce, chassant devant elle toute vie. Ils frissonnèrent et se rapprochèrent instinctivement les uns des autres.

Claire se retint pour ne pas crier. Arthur se tourna vers Violaine, le visage incrédule.

– Ne me regardez pas comme ça, dit-elle d'une voix fatiguée. Ils ne sont pas morts.

– Qu'est-ce que tu leur as fait ?

– Moi, rien. J'ai lâché mon chevalier sur leurs dragons.

– Il les a tués ? demanda Claire en retenant son souffle.

– Non, répondit Violaine après une hésitation. Non,

il ne les a pas tués. Il les a effrayés. Les dragons se sont enfuis.

– Enfuis ? C'est possible, ça ? dit Nicolas.

– La preuve que oui, idiot. C'est pour ça que je pense qu'ils ne sont pas morts. Ils doivent se trouver dans un état de catalepsie, ou un truc comme ça. Ils se réveilleront sans doute quand leurs dragons reviendront.

– Sans doute… Ça veut dire que ce n'est pas sûr ?

– Écoute, Claire, je n'ai ni l'envie ni la force de me disputer avec toi. Non, je ne suis sûre de rien. C'est la première fois que je fais ça, que mon chevalier s'éloigne de mon corps et qu'il se retrouve livré à lui-même.

Elle préféra taire la transformation du chevalier en loup-garou. Lorsqu'elle avait pris les choses en main, tout à l'heure, son ectoplasme lui avait volé sa colère et s'en était servi pour se transformer en quelque chose de brutal. De sauvage. Pour tout dire, il s'était échappé et n'était revenu que parce qu'il l'avait bien voulu. Elle ne l'avait jamais contrôlé. Et ça, ses amis n'étaient sûrement pas disposés à l'entendre.

– Il les a peut-être tués, ces dragons, dit encore Claire.

– Est-ce qu'ils ressemblent à Agustin, tous ces gens ? Hein, Claire, dis-moi !

– Arrêtez de vous disputer, leur intima Arthur. C'est facile à vérifier.

Surmontant sa répugnance, il s'approcha d'un corps et se pencha au dessus.

– Il est vivant ! annonça-t-il, le soulagement inscrit sur le visage. Il respire, faiblement mais il respire !

Claire ferma les yeux comme pour remercier une présence invisible. Violaine, qui avait bloqué sa respiration, lâcha un soupir.

– Je vous l'avais dit.

– Bon, qu'est-ce qu'on fait ? On est dans la « construction tecpantlaque admirable », non ? les bouscula Nicolas qui, depuis qu'il avait fui ses idées noires, craignait de les retrouver. On n'était pas censés trouver des coffres comme à Santa Inés, avec d'autres archives à l'intérieur ?

– Je ne sais pas, avoua Arthur. Good... Harry l'aurait su, lui. Mais d'après ce qu'on peut constater, je crois qu'il se passe ici des choses étonnantes. Je ne parle pas des gens par terre, je pense à ces installations qui valent à mon avis largement les archives de Santa Inés !

– Quoi qu'on décide de faire, il faudrait aller vite, hasarda Claire. On ne sait pas quand les dragons vont revenir. Si tous ces gens se réveillaient brusquement, on serait dans une situation très délicate...

– Les dragons ne reviendront pas tant que Violaine sera dans le secteur, la rassura Arthur. Nicolas, tu ne pourrais pas utiliser ta vision pour...

Les mâchoires serrées du garçon, qui avait remis ses lunettes en pénétrant sous la colline, lui indiquèrent qu'il était inutile de lui demander ce genre d'aide. Pas après le drame que sa vision défaillante avait provoqué ! La culpabilité le tourmentait, mieux valait le laisser tranquille avec ses yeux.

– Arthur a raison, confirma Violaine. On ne risque rien. Et s'il y a eu ici des coffres datant du Moyen Âge, ça fait longtemps qu'ils ont été remplacés par des trucs plus modernes, dit-elle en désignant les modules rangés contre la paroi. On trouvera peut-être des infos dans l'une de ces pièces vitrées.

Arthur releva avec surprise que Violaine, pour une fois, allait dans son sens. Il en ressentit un léger picotement du côté du cœur, plutôt agréable.

– Je suggère qu'on se dépêche quand même, dit Nicolas. Si ce n'est pas pour les dragons, alors au moins pour ça, expliqua-t-il en montrant une lampe qui clignotait rageusement contre un mur, à la façon d'une alarme silencieuse…

New York – États-Unis.

Majestic 1 tapa du poing sur la table. Les conversations moururent aussitôt. Le coucher de soleil sur la ville était magnifique depuis le haut de la tour, mais personne n'avait le cœur à regarder le spectacle.

– L'opération menée hier soir en Nouvelle-Angleterre s'est soldée par un échec, commença-t-il en confirmant le bruit qui courait avant le début de la réunion. Le colonel Brett est arrivé trop tard. Le Grand Stratégaire nous a filé entre les doigts.

Majestic 6 leva la main.

– Pouvons-nous retrouver sa trace ? Je veux dire, en avons-nous les moyens ?

– Oui. Mais cela prendra du temps et il sera désormais sur ses gardes.

Majestic 1 laissa le silence envahir la pièce avant de reprendre :

– Pour continuer avec les mauvaises nouvelles, messieurs, j'ai le regret de vous annoncer la mort de Majestic 5.

Des exclamations de stupeur retentirent. Visiblement, tout le monde n'était pas au courant.

– Son corps a été retrouvé dans une chambre d'hôtel, à Washington. D'après nos informations, il a reçu la visite du mercenaire connu sous le nom de Clarence Amalric, alias Minos.

– Le mercenaire a-t-il pu apprendre quelque chose à propos de notre organisation ? demanda un homme au nom de l'assemblée.

– Nous l'ignorons, reconnut Majestic 1. Majestic 5 a réussi à s'empoisonner, c'est tout ce que nous savons. Mais son ordinateur personnel a disparu.

Un brouhaha naquit de nouveau autour de la table.

– Si au moins nous avions de bonnes nouvelles du côté des enfants ! s'exclama Majestic 1 pour couvrir les autres voix.

Majestic 3 détourna la tête, gêné, contrairement à Majestic 7 qui soutint le regard de Majestic 1 sans ciller.

À ce moment-là, un homme leva brusquement la main, l'oreille collée à son téléphone portable. Les masques blancs se tournèrent vers lui, dissimulant inquiétude ou curiosité. Majestic 2 ne s'occupait que d'une seule chose, capitale pour le MJ-12.

– Majestic 2, nous vous écoutons.

– Cela vient du Sanctuaire. L'alarme s'est mise en route. Et personne ne répond.

Un silence de mort s'abattit sur l'assemblée.

4 jours 13 heures 9 minutes avant contact.

– Il y a un ordinateur du genre costaud par ici, dit Claire en jetant un regard prudent par une vitre du cinquième module, désert. C'est peut-être une sorte de terminal.

– Les autres pièces ressemblent surtout à des laboratoires, confirma Violaine. Il y a des éprouvettes et des bouts de cailloux sur des tables.

– Tentons notre chance dans celle-là, alors, proposa Arthur. Qui y va ?

– Stop ! s'exclama Nicolas. Personne ne va nulle part.

Derrière le rideau bleuté de la porte, une toile d'araignée chatoyante semblait prendre appui sur chaque objet de la pièce. Comme cela arrivait fréquemment sous l'effet de la fatigue et du stress, la vision du garçon venait de basculer sans qu'il le décide.

– Il y a dans cette pièce un système d'alarme extrêmement complexe, expliqua-t-il à ses amis étonnés. Il a dû se mettre en route en même temps que l'alerte générale. Je devine à peine le réseau tellement il est subtil.

– Quelle importance ? dit Violaine en haussant les épaules. On peut faire hurler toutes les sirènes du monde, personne ne viendra !

– C'est plus compliqué, intervint Arthur. Imagine que l'alarme provoque la destruction immédiate du système ? Ou qu'elle soit reliée à des pièges mortels ?

– En tout cas, grogna-t-elle, ça confirme qu'on ne s'est pas trompés : s'il y a quelque chose d'important à prendre, c'est dans ce module.

– J'y vais, annonça Claire après avoir affermi sa voix.

Le regard de ses amis ne la trompa pas. Ils espéraient qu'elle le propose et en même temps, ils le redoutaient.

– Elle nous refait le coup du mont Aiguille ! dit Nicolas en se frottant les yeux pour essayer de voir à nouveau normalement.

Il venait de faire allusion à l'incroyable escalade que Claire, contre l'avis de ses amis, avait réalisée pour récupérer la boîte contenant les documents à l'origine de toute cette aventure.

– Ça ne m'avait pas si mal réussi, fit-elle avec une grimace. Vous avez une autre idée ?

Personne ne répondit parce qu'ils savaient tous que Claire seule pouvait franchir le réseau de protection. L'heure n'était plus aux tergiversations. Les enjeux avaient considérablement grimpé depuis le mont Aiguille.

– Est-ce utile de te dire de faire attention ? soupira Arthur.

– C'est toujours utile. Vous pouvez me souhaiter bonne chance, aussi !

Sans attendre de réponse, Claire prit une inspiration, ouvrit la porte et se glissa dans la pièce. *Je suis légère, aussi légère qu'une brise nocturne, je marche au milieu de la toile d'araignée subtile, sans faire frémir le moindre fil de lumière. Un pas de côté pour ne pas piétiner celui-ci, une contorsion pour éviter celui-là, hop je saute par-dessus et je me faufile par-dessous ! C'est fatigant mais je vois une chaise, je vais m'asseoir et me reposer.* Elle expira et se retrouva assise sur une chaise d'informaticien, devant le clavier de l'ordinateur.

– Elle a réussi ! jubila Nicolas de l'autre côté de la vitre.

– Il faut maintenant qu'elle arrive à pénétrer le système informatique, relativisa Arthur. Ça sera sans doute moins facile.

Claire appuya sur une touche pour réveiller la machine. Une demande de code clignota aussitôt sur l'écran. C'était un code à douze signes, qui donnait toutes les apparences d'être incraquable.

– Évidemment, murmura-t-elle pour elle-même. Le réseau doit être encore mieux protégé que la pièce qui l'abrite…

Elle prit le temps de réfléchir. Il fallait oublier l'approche classique. Sa seule chance était de surprendre la machine. La surprendre, oui. Et comment surprenait-on quelque chose qui vous attendait par-devant ? En passant par-derrière.

Claire avisa l'armoire blindée qui abritait le corps de l'ordinateur. Elle se leva et fit un pas dans sa direction. Droit devant. Sans hésiter.

Je flotte maintenant dans le couloir cerné de flou qui raccourcit les distances. Je ne dois pas avoir peur. Pas sauter. Pas courir non plus. Au contraire, pour la première fois de ma vie, je vais m'arrêter et regarder autour de moi. Prendre le temps. Je suis dans l'Intervalle. Dans le passage. Je suis bien. Pourquoi est-ce que je ne savais pas que j'étais bien quelque part ? Les choses de la vraie vie, celles de la réalité que je viens de quitter en tout cas, sont déformées, mais elles sont là, mouvantes, fluides, palpables. Et si le monde entier se trouvait dans l'intervalle ? Et si j'en étais la maî-

tresse ? Tiens, qu'est-ce que c'est ? Une armoire. Non, pas une armoire mais le cœur d'un réseau informatique. Je le sens qui palpite. Si je m'en approchais ? Allez, un tout petit pas. Voilà, maintenant je suis dans ce cœur. Tout autour de moi pulse et vit. Les fils, les puces et autres composants s'agitent doucement devant moi, comme les tentacules d'un animal bienveillant. Je me sens inspirée, tout à coup, je vais appeler ce cœur l'Ordipieuvre ! Ça a l'air de lui plaire. Un de ses tentacules me caresse le visage. Mais je ne suis pas là pour faire des papouilles à une machine ! Qu'est-ce que je cherche, déjà ? Ah oui ! le code, le code d'entrée pour pénétrer dans le système. Mes amis en ont besoin. Peux-tu m'aider, Ordipieuvre ? Je prends ton rougeoiement comme un acquiescement. D'ailleurs, tu me touches le front et traces dessus douze signes, les douze signes dont j'avais besoin. Je les sens qui traversent l'os et s'insinuent dans mon crâne, pour venir s'imprimer en douceur dans mon esprit. Merci ! Je peux rentrer maintenant. Ou plutôt sortir. Sortir de l'Intervalle. Il suffit de faire un pas en arrière.

Elle trébucha et se rattrapa de justesse, le cœur battant, au dossier de la chaise.

Elle s'assit, tremblante. Cinq lettres et sept chiffres flottaient dans sa mémoire, presque palpables et déjà brumeux. Inquiète à l'idée qu'ils puissent disparaître, elle s'empressa de taper le code sur le clavier. Lorsqu'elle appuya sur la touche Envoi, l'ordinateur se mit à ronronner dans l'armoire.

– Merci, Ordipieuvre, murmura-t-elle instinctivement.

Elle remit cependant à plus tard l'analyse de ce qu'elle

venait de vivre. Le temps pressait. Elle chercha dans le disque dur les dossiers classés prioritaires puis dénicha dans un tiroir une clé-mémoire pour les copier, en priant pour que tout fonctionne. Elle se voyait mal réitérer son exploit ! Enfin, elle se leva et refit le chemin à l'envers, comme si le système d'alarme n'avait jamais existé.

– Ehhhh ! Préviens quand tu te déplaces ! s'exclama Nicolas en la voyant surgir de nulle part.

– Tu n'as pas eu de problème ? la questionna Arthur. On a eu tous les trois l'impression que tu avais disparu, l'espace d'une seconde.

– J'ai toujours été là, le rassura Claire en souriant. Et j'ai trouvé des trucs intéressants !

Elle eut à peine le temps de montrer la clé-mémoire à ses amis avant de s'évanouir, totalement épuisée.

À l'heure où la NASA parle sérieusement de reprendre ses missions lunaires, on apprend avec stupéfaction que les enregistrements vidéo originaux du premier alunissage de juillet 1969 ont été « égarés »... Cette vidéo, qui comprend notamment la marche sur la lune des deux astronautes d'Apollo 11 Armstrong et Aldrin, avait été retransmise depuis la lune vers les stations de suivi du vol en Californie et en Australie. Ces images avaient été ensuite envoyées vers le centre spatial de Houston et redirigées vers le reste du monde. Ces enregistrements sont-ils rangés quelque part, oubliés dans des cartons ou bien tout simplement... volés ? Sont-ils devenus des secrets d'État le jour où la technologie a permis de mettre en évidence sur la bande certains détails gênants ? Des détails montrant ce que les astronautes auraient réellement vu sur la lune, ou bien accréditant définitivement la thèse du plus grand canular de l'histoire…

(Extrait d'*Enquêtes occultes*, par Kevin Brender.)

14

Viscereus, a, um : qui est dans les entrailles

Je n'arrête pas de penser à ce qui nous arrive. Comment se boucher encore les yeux ? Nous sommes en voie de disparition ! De désintégration, de désagrégation. Nous nous évanouirons bientôt, éradiqués par les hommes dont nous bousculons les règles, ou par la nature si nous continuons à bafouer ses lois. Qu'importe. La première perte sera celle de nous-mêmes. Nous en tant que groupe, nous en tant qu'amis. Nicolas, Claire, Violaine ! Nous ne nous parlons plus et quand nous le faisons, c'est pour constater que nous n'avons rien à nous dire... Pourtant, au-delà des mots, au-delà de l'engrenage qui nous a pris dans ses roues terribles, je continue à vous vouer un amour profond. Vous mes amis ! Toi Nicolas, mon petit frère. Toi Claire, ma chère sœur. Toi Violaine, mon double et mon démon...

2 jours 9 heures 52 minutes avant contact.

Arthur repoussa la porte de la chambre du bout du pied et posa le carton sur la table bancale qui, avec les lits métalliques superposés et les quatre chaises rapiécées, constituait leur seul luxe du moment. Il étira ses bras douloureux. Les pales du ventilateur fixé au plafond brassaient un air lourd dans la pénombre de la pièce. Claire, Violaine et Nicolas dormaient toujours. Arthur les envia. Il avait été réveillé tôt ce matin par la chaleur et l'excitation.

Sur le bateau, il avait dû ronger son frein. Les trente-six heures de traversée entre Bohol et Manille avaient été particulièrement pénibles. Chacun était resté plongé dans ses propres pensées et lui-même, après de vaines tentatives pour aborder des sujets urgents, avait sagement cédé. Faire le point lui paraissait essentiel, mais après les épreuves qu'ils avaient traversées, peut-être fallait-il d'abord remettre de l'ordre à l'intérieur de soi. Le garçon espérait que ses amis avaient joué le jeu et que le silence dans lequel ils s'étaient enfermés n'était pas une nouvelle fuite. Violaine avait-elle accepté l'idée que ses pouvoirs, en plus de lui échapper, modifiaient sa personnalité ? Nicolas avait-il enfin digéré la défaillance qui avait coûté la vie à Harry Goodfellow ? Arthur n'aurait pu le dire. Il savait seulement que Claire, elle, s'était reposée. Son exploit dans le module informatique de la caverne des Templiers l'avait considérablement affaiblie. À tel point qu'ils avaient dû la porter toute la nuit à travers la forêt, au milieu des collines, jusqu'à la piste puis la route principale où une camionnette poussive, arrêtée en agitant les bras, avait bien voulu les emmener à Baclayon. Harry disparu, la Jeep était devenue inutile et elle terminerait sans doute sa vie comme épave dans son buisson. Bref, tout cela s'était traduit par des heures de calvaire. Heureusement que Claire ne pesait pas lourd ! Pas plus lourd qu'un courant d'air, avait dit Nicolas.

Ils avaient ensuite pris le bus pour gagner Tagbilaran. Une fois au port, le bateau leur avait semblé la meilleure solution pour rentrer discrètement à Manille. De même qu'un hôtel de catégorie inférieure dans Malate, le quartier des touristes, leur avait paru approprié pour passer inaperçus, une fois dans la capitale…

Depuis la mésaventure vécue par Claire à Baclayon, ils savaient qu'ils étaient à nouveau traqués. L'alarme clignotant à l'intérieur de la colline leur avait confirmé qu'ils allaient l'être avec acharnement. On ne découvrait jamais rien impunément, alors quelque chose d'aussi énorme ! Ils n'avaient même pas pris le temps de creuser une tombe pour le malheureux Goodfellow, se contentant de le tirer lui aussi à l'abri d'un buisson. Quelle ironie… Le vieil homme était mort à quelques pas d'une installation incroyable, qui allait livrer ses secrets dans un moment. Si les paresseux daignaient se lever !

Arthur tira le rideau et la lumière jaillit dans la pièce, arrachant des grognements aux dormeurs.

– Il est presque midi, annonça le garçon. Je suis sûr que vous avez faim !

Il retourna vers la table et sortit du carton des bananes, des pancakes et des jus de fruits en bouteille. Ainsi qu'un ordinateur portable flambant neuf.

– Tu n'as pas perdu de temps, lui fit remarquer

Violaine en dégringolant du lit superposé et en jetant un coup d'œil à la machine.

Elle bâilla, s'approcha de la table et prit un pancake qu'elle mâchonna. Depuis l'épisode de la colline, elle était presque redevenue comme avant. Ce qui ne manquait pas de troubler davantage Arthur.

– Le temps joue plutôt contre nous, répondit-il en toussotant. Tu veux du jus de mangue ?

Elle acquiesça. Pendant ce temps, Claire quittait à son tour le lit, aidée par Nicolas. Arthur déballa le reste des victuailles. Ils mangèrent sans appétit et parlèrent de l'inconfortable trajet en bateau qui les avait conduits jusqu'à Manille, retardant à dessein le moment de vérité. Puis ils débarrassèrent la table et Arthur alluma l'ordinateur.

– Le vendeur l'a configuré, précisa-t-il. Il a aussi installé tous les logiciels dont on pourrait avoir besoin.

– Tu as fait comment pour payer ? demanda Nicolas en s'offrant un rabiot de pancake.

– Avec l'argent de Harry. Là où il se trouve, il n'a pas besoin de son portefeuille, dit simplement Arthur, indifférent à la soudaine pâleur du garçon et au regard de reproche de Claire. À toi l'honneur, termina-t-il en se tournant dans la direction de la jeune fille.

Claire sortit de sa poche la clé-mémoire comportant les dossiers volés et la connecta au portable.

– Je me suis dépêchée, dit-elle en se mordillant les lèvres. J'ai choisi les fichiers sans vraiment réfléchir.

Elle tapota le trackpad. La clé-mémoire s'ouvrit et Claire ressentit un soulagement immédiat. Tout ce qu'elle avait copié dans l'ordinateur central venait de faire son apparition sur l'écran.

– On commence par lequel ?

– Celui-là, dit Arthur après avoir passé les fichiers en revue. Celui qui s'appelle « Genesis ».

– Pourquoi ? demanda Nicolas.

– « Genesis », ça veut dire Genèse, ou Commencement si tu préfères. Logique, non ?

Claire cliqua sur le fichier. Plusieurs pages de texte apparurent sur l'écran.

– C'est en anglais, fit Nicolas, déçu.

– Je vais vous le traduire au fur et à mesure, le rassura Arthur. Voyons, que dit le paragraphe d'introduction… Oui, j'ai eu du flair ! C'est un historique, une sorte de récapitulatif, un rapport destiné aux nouveaux Majestics.

– Majestics ! s'écria Nicolas. Ce sont eux qui ont acheté les archives templières de Santa Inés au vieux Grierson avant de le liquider !

– C'est un rapport sur quoi ? s'impatienta Violaine.

– Sur un plan, un projet secret qui justifie l'existence même des Majestics, répondit Arthur. Laissez-moi le temps de lire, quand même ! Voilà, ouvrez grand vos oreilles : le rideau va se lever, les zones d'ombre vont disparaître, emportées par la lumière éclatante…

– Tu en fais pas un peu trop, là ? dit Claire en souriant.

– Je traduis ce qui est écrit, c'est tout… Ah, il semblerait que les Templiers soient le point de départ de l'histoire.

– Ça, on le savait, dit Violaine.

– Ce qui est nouveau, par contre, enchaîna Arthur sans lui laisser le temps de faire un autre commentaire, c'est la découverte que les Templiers ont faite, quelque part en Terre sainte, de chapitres apocryphes du livre d'Ézéchiel.

– Le livre d'Ézéchiel, se réjouit Nicolas. Ça colle ! Tout est parti de lui, c'est normal qu'on y revienne. Les choses retrouvent leur cohérence !

– Hum ! je continue, reprit Arthur qui préféra ne pas contredire la logique particulière de son ami. Les informations contenues dans ces chapitres censurés, corroborées par des évangiles cachés également trouvés par les Templiers, ont profondément secoué l'Ordre.

– Les chapitres apocryphes, les évangiles cachés… Ils faisaient partie des archives secrètes de Santa Inés, non ? dit Claire.

– Tu as raison, confirma Arthur en fronçant les sourcils. Ça confirme que tout ce nous avons vu, tout ce que nous avons vécu d'étrange ces derniers mois est directement lié aux Templiers, à leurs découvertes et à leurs archives.

– Mais qu'est-ce qui a pu bouleverser les Templiers à ce point ?

Arthur, penché jusque-là sur l'écran de l'ordinateur, ressentit tout à coup le besoin de s'en écarter. Il se renversa en arrière, les yeux écarquillés, le souffle coupé.

– Alors là, accrochez-vous, annonça-t-il d'une voix enrouée par la surprise. Ces chapitres et ces morceaux d'évangiles évoquent l'existence sur la terre d'une porte permettant d'accéder au paradis et à l'enfer…

Pour de vrai, je veux dire, pas de façon symbolique ou mystique !

– Non… Tu rigoles ! s'exclama Nicolas incrédule.

– Pas du tout ! Du moins, c'est ce qui est écrit là. Cette porte, façonnée dans une roche noire extrêmement dure, donnait accès à une dimension parallèle. Une dimension où vivent peut-être vraiment un diable et un dieu… Enfin ça, c'est le commentaire d'un scientifique.

– Pourquoi « donnait » ?

– Eh bien tout simplement parce que cette porte a disparu il y a quelques milliers d'années. Engloutie dans les entrailles de la terre au cours d'une gigantesque secousse sismique.

Un nouveau silence accueillit la révélation d'Arthur.

– Les Templiers, continua le garçon dont l'excitation allait croissant, après de nombreux calculs et avec l'aide d'érudits chinois, ont réussi à déterminer l'endroit où cette fameuse porte se trouvait autrefois : une île hérissée de collines étranges, de morceaux de terre attirés par la lune comme de la paille de fer par un aimant. Il faut savoir que les collines de Bohol en effet, car il s'agit bien d'elles, reposent en partie sur une roche noire d'une nature inconnue. C'est pour cette raison que les Templiers y ont construit un temple : constatant rapidement l'impossibilité de retrouver la porte engloutie, disparue au fond d'une crevasse volcanique, ils ont essayé de tailler eux-mêmes une nouvelle porte dans la roche noire !

– Mais pourquoi ? demanda Nicolas éberlué.

– Dans l'espoir d'accéder directement au ciel. De se

retrouver physiquement, de leur vivant, face à face avec Dieu. D'avoir la réponse à toutes leurs questions.

– Carrément mégalo, commenta Violaine.

– C'est pour ça, alors, les puits creusés au centre de la caverne ! comprit tout à coup Nicolas. J'aurais pu me forcer et jeter un coup d'œil ! Le travail des mineurs doit être hallucinant.

– En tout cas, ajouta Claire, on sait maintenant que ce n'étaient pas les archives du Temple que cherchaient Magellan et Legazpi aux Philippines. C'était cette fameuse porte !

– Les Majestics également, reprit Arthur. Après avoir mis la main sur les archives de Santa Inés, ils se sont empressés de retrouver cette caverne et ils s'y sont installés, essayant à leur tour de façonner une nouvelle porte.

– Ça a dû être plus facile, avec les moyens modernes, dit Violaine.

– Détrompe-toi. Cette roche est vraiment très dure. Et puis les représentations de la porte originale, que les Templiers ont réussi à rassembler au cours de leurs recherches, sont très incomplètes.

– Alors ? l'encouragea Claire qui se mordillait toujours les lèvres.

– Alors, devant l'échec de leurs tentatives, les Majestics ont eu une autre idée.

– Laquelle ? le coupa Nicolas vibrant d'impatience.

– Ils se sont demandé d'où pouvaient bien provenir la première porte et cette étrange roche noire.

– Les extraterrestres ! s'exclama encore le garçon.

– C'est ça ! ironisa Violaine. Un tour de magie des petits hommes verts !

– Laissez parler Arthur, intervint Claire en faisant les gros yeux.

– En fait, les scientifiques embauchés par Majestic se sont intéressés aux formes curieuses des collines, continua Arthur impassible. Comme toi, Violaine, ils ont trouvé qu'elles ressemblaient… comment tu disais déjà ? Ah oui ! à des monuments dressés à la gloire de quelque chose, à des moignons tendus dans une adoration. Ils ont alors tourné leur attention vers la lune.

– La lune ! bondit encore Nicolas.

– Plusieurs hypothèses ont été émises concernant l'origine de la lune. La plus répandue avance qu'elle serait née de la collision entre la terre et un astéroïde.

Arthur fouilla dans son sac et en sortit un stylo et un bloc.

– Je vais vous faire un dessin, vous comprendrez mieux. Donc, l'astéroïde percute notre planète. Il

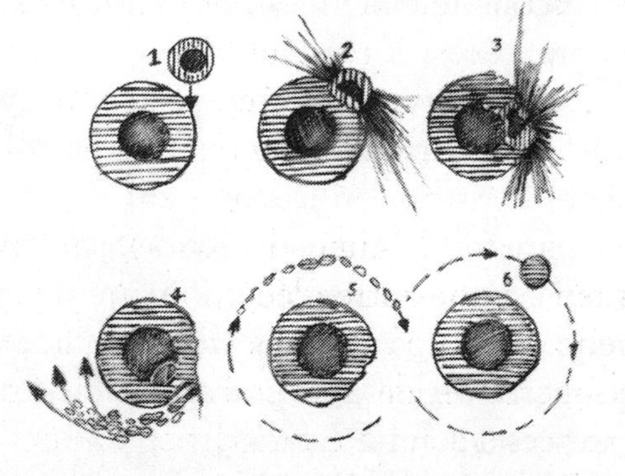

arrache des roches au manteau terrestre et les projette dans l'espace. Ces roches se regroupent autour des restes de l'astéroïde, puis sous l'effet de la rotation forment à nouveau une sphère : la lune.

– Impressionnant, reconnut Violaine sans abandonner son scepticisme. Et… ça nous mène à quoi ?

– Eh bien, la porte et la roche noire que l'on trouve dans le sous-sol de Bohol auraient été apportées sur terre par l'astéroïde au moment de la collision. Des échantillons prélevés sur la lune ont récemment été datés de vingt milliards d'années. Ça nous fait presque remonter aux débuts de l'univers ! Mais ça, à l'époque, les Majestics ne pouvaient pas le savoir. Ils se sont contentés de recouper les informations collectées par les Templiers et de suivre l'intuition de leurs scientifiques, à savoir qu'il existait peut-être sur la lune, constituée en partie de la roche noire de l'astéroïde, d'autres portes semblables à celle qui avait été déposée sur terre…

– Ça paraît complètement fou, dit Claire en secouant la tête.

– Il faut avoir le cerveau dérangé pour concevoir une idée pareille ! renchérit Violaine.

– Ah oui ? fit Arthur en frissonnant. Eh bien cette idée n'a pas paru folle longtemps aux Majestics ! Écoutez ça : grâce à une technologie dont ne disposaient évidemment pas les Templiers, ils ont lancé dans le plus grand secret un programme spatial antérieur de plusieurs années à celui d'Apollo !

– À l'insu de la NASA ?

– Oui ! Et c'est l'explication de la confusion avec les extraterrestres.

– Confusion ? hoqueta Claire. Comment ça ?

– Les premiers essais des équipes de Majestic ont débuté en 1947, annonça Arthur triomphant. Ça ne vous dit rien ?

– 1947, l'époque des premiers rapports sur les ovnis… rappela Nicolas.

– En tout état de cause, continua Arthur, les Majestics ont entretenu cette idée d'extraterrestres pour dissimuler leurs propres expériences spatiales.

– Mais alors, comprit brusquement Violaine, les lumières sur la lune vues par les astronautes… C'étaient celles des équipes de Majestic à la recherche des portes dimensionnelles !

Un silence stupéfait accueillit ces dernières révélations. Elles éclairaient de manière brutale l'énigme qui les avait entraînés au bout du monde. Même Claire, qui pourtant nourrissait encore des espoirs au sujet des extraterrestres, ne parvint pas à se sentir déçue tellement cette histoire était énorme.

– Et… ils les ont trouvées, ces portes ? demanda finalement Nicolas.

– À en croire le rapport que j'ai sous les yeux, oui. Elles étaient enfouies superficiellement, comme si leur nature même les poussait à toujours refaire surface.

– Elles doivent être gigantesques !

– Elles le sont sûrement, confirma Arthur. Sinon ils auraient eu beaucoup de mal à les repérer. Seulement, d'après ce que je lis, les trouver n'a pas suffi. La joie de la découverte passée, Majestic s'est vite heurté à un problème.

Ils retinrent leur souffle.

– Les équipes de Majestic ne sont toujours pas parvenues à les ouvrir, ou à les activer, pour utiliser leur propre terme ! Il leur manque une clé, une clé particulière dont ils ne connaissent ni la forme ni la matière. Ils supposent pourtant qu'elle doit être excessivement ancienne.

– Une clé… comme une clé ? demanda Nicolas.

– Peut-être. Mais les scientifiques de Majestic penchent plutôt, maintenant, pour une sorte de manuel d'utilisation. Un manuel transmis de génération en génération depuis des milliers d'années, certainement gravé ou peint, dessiné sur plusieurs objets ou monuments.

– Pourquoi plusieurs ?

– Pour éviter que les précieuses informations ne soient perdues, Nicolas. La principale activité des Majestics consiste donc à écumer la planète à la recherche des objets archéologiques les plus anciens, n'hésitant pas au besoin à encourager les conflits et à profiter des guerres pour envoyer leurs équipes fouiller les zones intéressantes. Le texte évoque à demi-mot l'Afghanistan et l'Irak, pour les opérations les plus récentes.

– C'est effrayant, dit Claire en réprimant un tremblement. Ces Majestics ont l'air terriblement puissants !

– Suffisamment en tout cas pour imposer leurs priorités aux autorités américaines, ajouta Violaine, songeuse.

– Quand on cherche à entrer en contact avec Dieu, dit sobrement Arthur, toute autre considération doit sembler dérisoire.

– Et les Templiers dans tout ça ? Pourquoi les Majestics se sont-ils installés dans la cathédrale sous la colline ?

– Je pense que le lieu templier leur sert de laboratoire secret. Ça ne doit pas être facile de travailler sur la lune ! Une partie des analyses est peut-être faite avec les échantillons contenus dans le sous-sol. Ça expliquerait en tout cas la présence des savants et des militaires.

– Waouh ! dit Nicolas, résumant l'état d'esprit général. Il faut que je mange un pancake pour me remettre de toutes ces émotions !

De nombreuses questions leur brûlaient encore les lèvres. Ils se tournèrent avidement vers les autres fichiers rapportés par Claire. Hélas ! ce qu'ils découvrirent était incompréhensible au regard de leurs propres connaissances scientifiques. Mais Claire finit par apercevoir un fichier qui avait glissé sous les autres.

– Là, dit-elle d'une voix hésitante en désignant deux mots sous une icône. C'est de l'anglais mais… il y a le mot « enfant », hein ?

Arthur plissa les yeux.

– « Enfants mêlés », précisa-t-il en se raclant la gorge.

Ils se regardèrent tous les quatre, le cœur battant.

– Clique dessus ! ordonna Violaine.

Claire s'exécuta d'une main tremblante. Des cris de frustration accueillirent la page presque blanche qui s'ouvrit. Le fichier était vide. Vide, à l'exception d'une note.

– « Dossier récupéré et bloqué dans l'attente des résultats de l'opération *Clinique du Lac* », traduisit un Arthur stupéfait.

– Qu'est-ce que ça veut dire ? demanda Claire d'une voix étranglée.

– Ça veut dire, répondit Violaine d'un ton qui ne présageait rien de bon, que quelqu'un que l'on connaît bien nous doit des explications…

Armstrong/Aldrin : « Ces choses sont géantes. Non, non, non, ce n'est pas une illusion d'optique. Personne ne va croire ça ! »

Houston (Christopher Craft) : « Quoi… quoi… quoi… ? ! Qu'est-ce qui se passe bon sang ! Qu'est-ce qui ne va pas ? »

Armstrong/Aldrin : « Ils sont ici sous la surface. »

Houston : « Qu'est-ce qu'il y a ? Émission interrompue ; contrôle des interférences appelle Apollo. »

Armstrong/Aldrin : « Nous avons vu des visiteurs. Ils étaient ici pendant un moment, et observaient les instruments. »

Houston : « Répétez votre dernière information. »

Armstrong/Aldrin : « Je dis qu'il y avait d'autres engins spatiaux. Ils sont alignés de l'autre côté du cratère. »

Houston : « Répétez… Répétez… »

Armstrong/Aldrin : « Nous allons sonder cette orbite… de 625 à 5… relais automatique connecté… Mes mains tremblent tellement que je ne peux rien faire. Filmer ça ? Mon Dieu, si ces satanés appareils photo captent quelque chose, on fera quoi ?…»

Extrait d'un dialogue confidentiel entre la mission Apollo 11 et la base américaine de Houston, intercepté et enregistré par un radio amateur branché sur la fréquence, après que l'un des astronautes a aperçu une lumière dans un cratère lors du survol de la lune.

(Extrait d'*Enquêtes occultes*, par Kevin Brender.)

15

Umbra, æ, f. : ombre, protection, apparence

J'avais toujours rêvé de faire ça. Réagir aux hurlements d'une sirène d'urgence, courir dans un tunnel étroit jusqu'à un embarcadère secret et me glisser dans les entrailles d'un engin futuriste. Ah, se retrouver dans une cabine de pilotage, entouré d'instruments de navigation de toutes les couleurs ! Certes, *un sous-marin n'est pas un vaisseau spatial, pas plus qu'un lac n'est le vide intersidéral et le Québec la confédération de Véga. Mais c'est la première fois de ma vie que je côtoie le danger d'aussi près. C'est aussi la première fois que je me sens réellement dans la peau du Grand Stratégaire. Pour cela, je ne remercierai jamais assez les Visages Blancs du MJ-12. Et le colonel Brett, bien sûr, qui s'est cru si malin en utilisant la fréquence des services secrets militaires que j'ai personnellement aidé à mettre au point…*

New York – États-Unis.

– Et le Grand Stratégaire ? cria quelqu'un pour couvrir le brouhaha qui agitait depuis un moment la salle de réunion.

Majestic 1 hésita à répondre. Il avait essayé à deux reprises de calmer les esprits, sans résultat. Échouer contre un ennemi insaisissable, perdre un membre du MJ-12 représentaient des accidents dont il pouvait se débrouiller. Mais une intrusion dans le Sanctuaire ressemblait à un véritable séisme ! Pour la première fois, le MJ-12 était touché dans sa chair, en plein cœur. Il y avait de quoi être traumatisé !

Majestic 1 cria à son tour pour se faire entendre.

– Eh bien quoi, le Grand Stratégaire ?

Les conversations baissèrent d'un ton.

– Le commando qui a investi le Sanctuaire pourrait-il avoir été envoyé par le Grand Stratégaire ? En représailles ? Ou bien à la suite des informations arrachées à Majestic 5 ?

La pertinence des questions que Majestic 3 venait de poser incita l'assemblée à revenir au calme et à reporter son attention sur les protagonistes. Majestic 1 remercia mentalement Numéro 3 pour son intervention. Et son habileté !

– Certainement pas à cause de Majestic 5, répondit-il d'une voix assurée, et encore moins en représailles. Les trois actions se sont déroulées en même temps. Quant à l'implication du Grand Stratégaire, si elle ne peut être exclue, elle semble improbable. D'après toutes les informations auxquelles j'ai eu personnellement accès, son domaine exclusif reste le renseignement. Pas le mouvement.

– Alors qui, bon sang ? cria quelqu'un.

– Des agents dormants sont censés monter la garde

autour du Sanctuaire ! s'indigna un autre Majestic. À quoi cela sert-il de payer grassement des « belettes » si elles ne font pas leur boulot ?

– Nous attendons d'une minute à l'autre le compte rendu du colonel Swan que Majestic 2 a envoyé sur place avec une équipe de choc, répondit Majestic 1 pour couper court aux questions. Si les intrus sont encore là-bas, ils seront vite neutralisés. Dans le cas contraire, les enregistrements du système de surveillance nous fourniront leur identité. Comme vous le savez, aucun flux capable de trahir notre existence ne peut sortir du Sanctuaire. Nous devons donc attendre que le colonel récupère ces enregistrements.

Il fit un signe vers la porte et des serveurs en tenue blanche entrèrent avec des plateaux, proposant des en-cas et des rafraîchissements. Les membres du MJ-12 se levèrent les uns après les autres et les conversations repartirent sur un ton moins virulent. Grâce à Majestic 3, Majestic 1 avait repris le contrôle de la situation.

– Merci, glissa-t-il au petit homme qui s'essuyait le front sous son masque. Votre intervention fut salutaire.

– Pas de quoi. Il fallait bien obliger tout le monde à retrouver son sang-froid ! Quoi de mieux pour cela qu'une confrontation, un duel d'où vous deviez sortir vainqueur ?

Ils récupérèrent une flûte de champagne et firent quelques pas pour s'éloigner des autres. Ils se retrouvèrent près de la baie vitrée, à contempler la ville. Les lumières naissaient les unes après les autres sur fond de crépuscule. Le soir était là, la nuit arrivait.

– Vous êtes brillant, mon ami, reprit Majestic 1. Je ne comprends pas pourquoi vous piétinez ainsi dans votre mission. Retrouver des enfants, si spéciaux soient-ils, ce n'est pourtant pas une affaire compliquée !

– Majestic 7 s'en occupe, répondit abruptement Majestic 3, des accents de ferveur dans la voix. Majestic 7 a pris le problème en main. Il va tout régler !

Majestic 1 fronça les sourcils. Qu'est-ce que Majestic 7 venait faire dans la discussion ? Et que signifiait ce ton exalté ? Son intuition lui hurla de se méfier. Il y avait quelque chose d'inquiétant là derrière. Quelque chose qui, dans des circonstances ordinaires, aurait capté toute son attention. Mais les circonstances étaient tout sauf ordinaires. Il n'eut pas l'occasion de s'interroger davantage car Majestic 2, entouré des autres membres du MJ-12, lui adressait des signes fébriles.

– Le colonel Swan est en ligne ! cria-t-il.

Majestic 3 et lui-même se hâtèrent de le rejoindre.

– Il a investi le secteur, continua Majestic 2. Tous les hommes qui travaillaient dans le Sanctuaire gisent à terre, tous sans exception, vivants mais frappés d'une inexplicable léthargie. Une équipe médicale est en train de s'en occuper. Il va sûrement falloir les rapatrier.

Majestic 1 eut un geste d'impatience.

– Est-ce qu'on a volé quelque chose ?

– Il semblerait que non. Le système d'autodestruction du réseau informatique ne s'est pas déclenché.

Ah ! Swan a récupéré les disques des caméras intérieures. Il a installé un relais à l'extérieur. Les enregistrements vont nous parvenir dans quelques instants.

Majestic 2 actionna une télécommande. Un écran géant descendit du plafond et la lumière diminua dans la pièce. Des images apparurent bientôt, de qualité médiocre. Les Majestics purent ainsi voir leurs hommes s'affairer dans le Sanctuaire et s'effondrer tous en même temps sur le sol, inanimés. Comme cela durait, Majestic 2 passa en mode accéléré.

– Là ! s'exclama Majestic 1.

Sur le film revenu à vitesse normale, quatre silhouettes pénétraient dans la caverne par un conduit d'aération.

– Ça alors…

– Bon sang mais… ce sont eux !

Sous leurs yeux incrédules, les enfants qu'ils traquaient depuis des semaines se promenaient dans le Sanctuaire, tranquillement, comme des touristes curieux.

– C'est une plaisanterie ? rugit Majestic 1.

– Non, dit doucement Majestic 3. Ce sont bien eux, je les reconnais.

Stupéfaits, ils virent Arthur se pencher sur un corps et se relever, l'air soulagé. Ils les regardèrent déambuler au hasard puis fixer leur attention sur le module abritant le réseau informatique. Un angle mort les dissimula un moment aux caméras qui n'étaient pas autorisées à surveiller les unités de recherche. Lorsque les enfants réapparurent, ils portaient la fille aux cheveux blonds qui avait elle aussi perdu connaissance. Ils repartirent par le même chemin. Majestic 2 coupa la transmission.

– Qu'est-ce qu'ils ont utilisé pour neutraliser les gardes ? Un gaz ?

– Vous pensez qu'ils ont pu pénétrer dans le module ?

– Où sont-ils repartis ?

Les questions fusaient, laissant Majestic 1 indifférent. Il observait Majestic 7 qui s'était éloigné pour consulter les messages sur son téléphone. Quelque chose clochait avec Majestic 7. Mais il n'aurait su dire quoi. Il allait s'approcher de lui pour en avoir le cœur net quand Majestic 2 bondit vers lui pour lui glisser une information confidentielle.

– Notre « belette » en poste à Manille a été retrouvée dans un hôpital de Cebu, les yeux brûlés, débitant des propos incompréhensibles au sujet de démons qui l'auraient torturée...

Majestic 1 contracta ses mâchoires. Un voile de colère troubla son regard. Il jeta violemment son verre qui se brisa sur le sol, provoquant un silence stupéfait.

– Cette fois, c'en est trop ! rugit-il. Ces gosses nous ont fait courir assez longtemps ! Ils disposent maintenant d'informations mettant en péril notre organisation ! Je vous demande, toutes affaires cessantes, de joindre vos forces et vos moyens pour les retrouver et les neutraliser ! Définitivement.

– Je ne pense pas que... essaya d'objecter Majestic 3 avant d'être cloué sur place par le regard de Majestic 1.

– Si nous ne pouvons les avoir avec nous, au moins

nous ne les aurons pas contre nous, asséna Majestic 1 d'une voix glacée. Considérez ce fiasco comme le vôtre, Majestic 3. Je veux des nouvelles positives dans quarante-huit heures ! termina-t-il en s'adressant aux autres. Est-ce que je me suis bien fait comprendre ?

Puis il jeta un regard furieux à Majestic 7 qui le lui rendit tranquillement. Le chef du MJ-12 aurait juré que son subordonné souriait sous son masque. Et ce sourire ressemblait fort à un défi.

Sur la route, quelque part entre Magog et Montréal – Québec.

Le Grand Stratégaire se tenait à l'arrière d'une fourgonnette noire équipée d'une station d'écoute de haute technologie. Il poussa un léger soupir et ôta les écouteurs de ses oreilles. Il en avait assez entendu. Les appareils continueraient de toute façon à enregistrer les propos qui se tenaient au même moment dans la tour new-yorkaise. Plus important, le serveur, qui avait installé les micros indécelables, avait également réussi à prendre des clichés numériques des membres du MJ-12. Les masques cachaient peut-être les visages mais ils ne dissimulaient pas toutes les données anthropométriques. Le Grand Stratégaire imprima les photos et les glissa dans une enveloppe. Il joignit une sélection d'enregistrements audio, ainsi qu'une lettre qu'il avait écrite le matin même. Il cacheta le tout et inscrivit dessus au stylo feutre noir : Clarence Amalric, Plaza Athénée, Paris. Puis il confia le paquet à un homme assis en face de lui, qui hocha gravement la tête avant de le ranger dans son sac, à côté d'un passeport et d'un billet d'avion…

2 jours 8 heures 12 minutes avant contact.

– Alors ? demanda encore une fois Nicolas.

– Un peu de patience, répondit Claire assise devant l'ordinateur de l'hôtel, un engin antédiluvien connecté à Internet par une poignée de fils. Le Doc ne campe pas devant son écran !

Le groupe avait investi le petit salon dans lequel se trouvait l'ordinateur, au rez-de-chaussée de l'hôtel, en face du comptoir. Un climatiseur qui aurait dû partir à la retraite depuis un siècle peinait à rafraîchir l'atmosphère dans un bruit de moteur d'avion. La moquette, sale et élimée, n'avait sans doute jamais connu d'aspirateur et sentait vaguement le moisi.

– Je n'arrive pas à y croire, répéta encore Violaine. Le Doc, de mèche avec Majestic !

– On en a déjà parlé, intervint Arthur. Il ne faut pas s'emballer. Rien ne nous dit qu'il était au courant ! C'est peut-être une coïncidence…

– Une coïncidence, tu parles !

– Il a été enlevé par Clarence et sa bande, il ne faut pas l'oublier, rappela Nicolas.

– Et ça signifie quoi ? rebondit Violaine. Qu'il est coupable ou qu'il est innocent ?

– Il a été enlevé parce qu'il avait en sa possession des documents compromettants pour Majestic, dit Arthur. Ça en fait plutôt une victime, selon moi.

– Ouais, dit Violaine pas convaincue le moins du

monde. En tout cas, c'est pas clair. Le Doc nous cache des choses.

– Sur ce point, je suis d'accord avec Violaine, lâcha Nicolas.

– Un dossier confidentiel sur les enfants mêlés, une opération concernant la Clinique du Lac… On est pleinement concernés, cette fois, résuma Claire.

– C'est rageant ! grogna Violaine en serrant les poings. On est à deux doigts de savoir, de comprendre. On nous vole encore la vérité !

– Moi je trouve cette histoire bourrée d'ironie, dit Nicolas avec un sourire. Le livre d'Ézéchiel caché dans la clinique nous a envoyés, comme les Templiers, au bout du monde. Et au bout du monde, on s'aperçoit que la réponse se trouve à la clinique. Suisse-Angleterre-Chili-Philippines-Suisse. Un tour du globe pour rien !

– Pas d'accord, dit Claire en secouant la tête. Si on ne s'était pas rendus en Angleterre, puis en Patagonie, on n'aurait jamais découvert de raisons pour aller aux Philippines. Et sans Philippines, pas de clinique. Les choses ont un sens, Nicolas. Malheureusement, on le découvre souvent trop tard.

– Résumons, proposa Arthur : on ne sait toujours pas pourquoi on nous traque mais on connaît maintenant l'identité de ceux qui le font. On connaît également leur secret et leur objectif : ouvrir des portes qui se trouvent sur la lune et qui conduiraient vers d'autres dimensions. On sait aussi que les Templiers avaient consacré un de leurs dossiers à de mystérieux « enfants mêlés ». Un dossier rouvert à notre époque par les Majestics et connecté à la clinique où nous étions relégués... Le lien m'échappe entre l'histoire de la lune et celle de ces « enfants mêlés ». Mais il me semble que cette dernière nous concerne bien plus que l'autre.

– On s'est peut-être trouvés au mauvais endroit au mauvais moment, comme le pensait Harry, suggéra Nicolas.

– Et si on avait été manipulés par Goodfellow ? s'exclama Violaine. Après tout, c'est son carnet qui nous a conduits au Chili. Et c'est avec lui que nous sommes venus aux Philippines !

– C'est une possibilité, reconnut Arthur en hochant la tête. Je n'y avais pas pensé.

– Harry n'est plus en mesure de passer aux aveux, répondit Claire en soupirant. Moi, je lui accorde le bénéfice du doute. Je l'aimais bien.

– Ça ne change rien, s'offusqua Violaine. Je...

Claire leva brusquement la main. Un message venait d'apparaître dans leur boîte aux lettres électronique.

– Le Doc ? s'enquit Arthur.

– Le Doc, confirma Claire gravement.

Ils lurent tous les quatre :

« Vous avez raison, il est grand temps qu'on se parle. Je ne suis pas entièrement libre de mes mouvements, pas suffisamment en tout cas pour vous rejoindre à Manille. Je vous propose un rendez-vous après-demain à 14 h 30, Paris gare de Lyon, sous l'arbre de la voie D. Votre avion part dans six heures. Billets et passeports vous attendent au gui-

chet des Philippines Airlines, au nom de Dulac. Faites attention à vous. Votre "Doc" Barthélemy. »

– Comment sait-il que nous sommes à Manille ? dit Claire éberluée.

– Il y a vraiment un arbre sur la voie D ? s'étonna Nicolas.

– Sois un peu sérieux, le gronda Arthur. C'est grave.

– Quel Doc serait capable de nous fournir un billet et des passeports en quelques heures ? cracha Violaine. Pas le nôtre, en tout cas.

– Tu veux dire que c'est un piège ? lui demanda Nicolas. Que ce n'est pas le Doc qui nous a écrit ?

– Avec un jeu de mots comme « Dulac », c'est forcément le Doc, répondit Arthur qui en aurait volontiers souri s'il n'avait pas senti Violaine à deux doigts de basculer. Violaine suggère plutôt que le Doc que l'on croyait connaître n'existe peut-être pas. Qu'il n'a jamais existé.

– Le Doc nous aurait joué la comédie, alors, dit Claire qui paraissait très déçue.

Elle sentit les larmes perler sous ses paupières. Le sol était en train de vaciller.

– Non, s'indigna-t-elle faiblement. C'est impossible. D'abord Harry, ensuite le Doc. Je ne veux pas le croire. Je refuse !

– Il n'y a qu'un moyen d'en avoir le cœur net, annonça Arthur. C'est d'aller à ce rendez-vous. Après tout, il n'y a rien qui nous retient ici, n'est-ce pas ?

Personne ne répondit. Violaine gardait les mâchoires serrées. Nicolas réconfortait Claire. Une fois de plus, les événements décidaient à leur place.

Dans la nuit du 11 décembre 1947, l'Anglais Hodgson observa au télescope des points lumineux sur la face sombre de notre satellite. Peu de temps après, un astronome britannique du nom de H. P. Wilkins vit apparaître un objet lumineux qui semblait survoler le sol lunaire dans la région du cirque d'Aristarque. Sept semaines plus tard, le Dr James Bartlett enregistra un phénomène analogue, toujours dans cette même région de la lune.

Le 29 juillet 1953, John O'Neill se crut le jouet d'une hallucination. Il venait de repérer dans son télescope, sur le fond désertique de la mer des Crises, la silhouette d'un pont immense. Une construction qui devait mesurer dix-huit kilomètres de long. Le Dr H. P. Wilkins déclara sans la moindre ambiguïté qu'il avait lui-même constaté, un mois à peine après O'Neill, la présence de la structure insolite. Un peu plus tard, le Pr Patrick Moore révélait à son tour qu'il avait observé par deux fois le pont fantastique !

Le 6 mai 1954, le Pr Frazer Thompson observa sur la lune des implantations ressemblant fort à des pistes d'atterrissage. Une brèche jamais observée auparavant dans la ceinture du cirque Piccolomini formait une longue bande rectiligne, large de trois cents mètres et qui ressemblait à une piste d'envol...

De doux rêveurs, n'est-ce pas ? Ou bien d'attentifs observateurs !

Le problème, c'est qu'à force d'avoir peur des manipulations, nous nous révélons incapables de choisir entre le vrai et le faux. Et si c'était ça, le stade ultime de la manipulation ?

(Extrait d'*Enquêtes occultes*, par Kevin Brender.)

16

Tonitruum, i, n. : coup de tonnerre

Je me suis souvent demandé ce que je ferais si je devais me reconvertir. Devenir chasseur de primes et traquer les délinquants de la côte ouest ? Fonder une société de sécurité et toucher des millions pour envoyer des mercenaires se battre à la place des soldats ? Ouvrir un bureau de détective privé à New York ou à Londres et fourrer mon nez dans l'intimité des gens ordinaires ? Rempiler pour le compte d'une Agence, entraîner les hommes de main d'un dictateur africain, diriger une bande de voyous pour le compte d'un mafieux russe ? Rien de tout ça ! J'achèterais un joli appartement à Paris, dans un joli quartier. Le jour, j'écrirais mes mémoires, je me promènerais le long de la Seine et, assis dans un bistrot du Quartier latin, je regarderais passer les badauds. Le soir, j'assisterais Bernard dans sa salle d'armes. La nuit enfin, incapable de dormir, j'essayerais de comprendre mon rôle dans l'étrange histoire de ces enfants étonnants, happés par leur destin et pourtant tellement désireux de vivre leur propre vie…

Clarence récupéra distraitement son sac sur le tapis roulant du terminal de l'aéroport de Roissy-Charles-de-Gaulle. Les formalités d'entrée sur le territoire français furent vite expédiées, son passeport consulté d'un regard négligent. Clarence, lui, ne prêta aucune attention au douanier. Il avait la tête ailleurs. Il se dirigea vers la sortie la plus proche et grimpa dans le premier taxi libre qu'il trouva, créant un mouvement de protestation dans la file d'attente.

– C'est pour vous si vous filez à cette adresse tout de suite, dit-il au chauffeur en brandissant une liasse de billets de vingt euros et un morceau de papier.

Ébahi, l'homme démarra sans réfléchir, essuyant au passage des insultes destinées à son passager. Insultes qui laissèrent Clarence parfaitement indifférent. Il aurait volontiers roulé directement vers la gare de Lyon, mais il devait d'abord récupérer une arme. Il y avait trop de monde sur ce coup-là et les enjeux étaient élevés. Il espérait simplement ne pas arriver trop tard.

Le taxi roulait à vive allure en direction de Paris. Calé au fond de son siège, Clarence se remémora les derniers événements.

Suivant les instructions de Rudy, il avait envoyé à une adresse canadienne le disque dur de l'ordinateur récupéré dans la chambre d'hôtel de feu M. Smith. Puis il avait attendu des précisions sur la suite de l'opération. Il aurait voulu pouvoir encore compter sur Matt, mais la mère du colosse et un infarctus en avaient décidé autrement. Quittant son rôle de tueur pour celui de fils attentionné, Matt était reparti à Abilene prendre soin de sa maman, en pleurant comme un gosse sur le quai de la gare routière. Clarence lui avait donné un bon paquet de dollars et une accolade émue. Puis il s'était retrouvé seul. Heureusement, le signal du Grand Stratégaire n'avait pas tardé. Son cher frère le conviait à une course contre la montre. Il avait réussi à déterminer le lieu et l'heure d'un rendez-vous auquel les quatre mômes devaient se rendre. Cette information était accompagnée d'une mise en garde : il y aurait sûrement des trouble-fête. Clarence avait à peine eu le temps de sauter dans un avion…

Le taxi venait d'entrer sur le boulevard périphérique. John, dans son appartement du XIXe arrondissement, devait s'étonner de son retard. Il serait déçu d'apprendre qu'il n'aurait pas le temps de faire la réclame de tous ses joujoux. Clarence prendrait à son fournisseur les armes dont il avait l'habitude et il n'essayerait même pas de marchander. Oui, John serait certainement déçu.

1 heure 34 minutes avant contact.

« Drôle d'idée, ce rendez-vous au milieu de la foule », pensait Nicolas sans quitter ses amis des yeux.

Suivant les recommandations de Violaine, ils s'étaient séparés en attendant de voir apparaître le Doc près du palmier. Car il y avait bien un arbre devant la voie D, même s'il était dans un pot ! Il était 14 h 22 et le rendez-vous avait été fixé à 14 h 30. Violaine pensait qu'il serait plus facile d'échapper à un piège s'ils ne se présentaient pas en groupe. Mais elle voyait des pièges partout. Nicolas, lui, n'arrivait pas à croire que le Doc puisse être un sale type. Qu'il leur ait dissimulé des choses, d'accord. Mais qu'il ait voulu leur faire du mal ! Non, Nicolas continuait à avoir foi en lui. Et il espérait que la discussion à venir dissiperait tout malentendu ! Ce qui le troublait, malgré tout, c'était la facilité avec laquelle le Doc avait organisé leur retour à Paris...

« Nicolas a l'air soucieux », se dit Claire en observant le garçon qui tripotait ses lunettes noires.

Presque aussitôt, elle prit conscience de l'absurdité de sa remarque. Soucieux, ils l'étaient tous. Fébriles aussi. Qu'est-ce que le Doc allait leur dire ? Comment expliquerait-il les passeports et les billets d'avion à leur nom qui les attendaient à l'aéroport de Manille ? Plus important encore : qu'avait-il à voir avec l'opération « Clinique du Lac » dont ils avaient trouvé la mention en fouillant les fichiers informatiques récupérés à Bohol ? Claire savait qu'ils approchaient de la vérité. Alors, soucieuse elle aussi ? Non. Terrifiée, plutôt...

« On n'aurait pas dû lâcher Claire », se morigéna intérieurement Arthur en voyant la jeune fille vaciller comme un roseau au milieu des passagers.

Une fois de plus, il avait laissé Violaine mener les affaires à sa guise. Une Violaine dont il avait, avec angoisse, suivi l'évolution depuis le message du Doc. Hélas ! leur amie semblait à nouveau prêter l'oreille à ses démons. Alors il aurait dû, peut-être, continuer à s'opposer à ses décisions, pour offrir une alternative, endosser l'armure de la sagesse et de la raison. Mais il ne savait plus si c'était lui le sage ou bien Violaine. Il en avait assez de réfléchir en permanence, d'extrapoler, de prévoir. Violaine agissait à l'instinct. Et pour tout dire, ça leur avait mieux réussi que ses propres plans hasardeux ! Arthur se prit la tête entre les mains. En plus, il y avait tous ces gens, ce vacarme répercuté par la structure métallique de la vaste halle. Il était trop excité pour se concentrer et se protéger convenablement des agressions extérieures. Il n'avait plus qu'une hâte : que le Doc apparaisse et reprenne tout en main…

« Un aveugle, un brin d'herbe et un tambour, murmura le loup-garou dans sa tête. Ce sont eux tes amis ? »

Violaine cligna des yeux avant de les reporter sur Arthur, le plus proche d'elle. Ses pupilles gardaient une effrayante fixité.

« Je ne sais pas si ce sont encore mes amis, répondit-elle de la même façon. Ils me paraissent si faibles, si fragiles ! »

« Qu'attends-tu alors ? » gronda à nouveau la voix.

« Ils sont tout ce que j'ai », dit-elle encore avant de secouer la tête, comme pour se débarrasser de quelque chose.

Elle laissa échapper un gémissement. Un couple de voyageurs la regarda d'un air inquiet. Violaine s'en moqua éperdument. Le loup-garou était parti. Elle respirait mieux. Elle s'aperçut alors que Nicolas lui faisait signe, de façon insistante. Elle tourna son regard vers le quai : le Doc était arrivé.

Arthur, Claire, Violaine et Nicolas convergèrent en

direction du palmier et de l'homme qui se trouvait dessous. Il s'agissait bien du Doc, avec ses lunettes à monture fine et sa veste ouverte sur sa sempiternelle chemise à carreaux. Mais un Doc qui ne souriait pas du tout.

– On est contents de vous voir, attaqua tout de suite Violaine. Pas pour les mêmes raisons que d'habitude.

– Vu les termes de votre message, je m'en doute, répondit Barthélemy d'une voix lugubre. Alors allons droit au but.

Sa raideur désarçonna quelque peu les jeunes gens qui échangèrent un regard. Sans plus attendre, c'est Arthur qui posa la question :

– Qui êtes-vous, Doc ? On veut dire, qui êtes-vous vraiment ? Parce que le Doc qu'on connaît n'aurait pas pu savoir qu'on se trouvait aux Philippines, encore moins nous procurer de faux passeports...

Ils le fixèrent tous les quatre, intensément. Le Doc ne laissa transparaître aucune émotion lorsqu'il prit la parole :

– Je vous répondrai plus tard à ce sujet. Je...

Violaine explosa.

– Stop, Doc ! Vous n'avez pas compris, je crois. Aujourd'hui, c'est nous qui fixons les règles. Vous allez répondre à nos questions les unes après les autres. Nous ne sommes plus à la Clinique du Lac, nous ne sommes plus vos petits cobayes, vos enfants mêlés à je ne sais quelle magouille !

Cette fois, le Doc ne cacha pas sa stupéfaction.

– Vous avez réussi à... laissa-t-il échapper avant de faire face à la colère de Claire.

– Réussi à quoi ? À survivre ? À découvrir que vous nous avez trompés ?

– Le Doc vient seulement de comprendre qu'on a découvert beaucoup de choses, intervint Arthur. N'est-ce pas ? Vous ne croyez pas qu'on devrait trouver un autre endroit pour discuter de ça ?

– Non, Arthur, dit Barthélemy en secouant la tête. Cette foule autour de nous, c'est ce qui peut nous arriver de mieux.

– Il y a quelque chose qui cloche ? s'inquiéta Nicolas en regardant autour d'eux.

– Laisse tomber, dit hargneusement Violaine. Il essaye encore de détourner la discussion. J'ai bien envie de…

– Ça suffit, la coupa Arthur avec une autorité dont il ne se serait pas cru capable. Puisque vous pensez qu'on est aussi bien là pour parler, on vous écoute, Doc.

Violaine se renfrogna. Le docteur Barthélemy jeta un dernier regard circulaire autour d'eux puis sembla se décider.

– Tout ne se passe pas exactement comme je l'aurais souhaité, avoua-t-il. J'aurais voulu plus de temps et de sérénité pour aborder ces sujets. Peut-être que je m'y prends un peu tard !

– Mieux vaut tard que jamais, lâcha Nicolas.

Le Doc eut son premier sourire.

– Tu as raison. Bon. Par quoi est-ce que je commence ?

– Ce que vous voulez, Doc, lui dit Claire, touchée par son désarroi.

Violaine n'intervint pas. Elle se contenta de jeter un

regard noir sur le Doc. Les autres étaient suspendus à ses lèvres.

– La première fois qu'on la voit, dit-il doucement, on a du mal à en croire ses yeux, hein ?

– De quoi est-ce que vous parlez ?

– Mais de la caverne des Templiers, Arthur, sous la colline, à Bohol !

Même Violaine en resta stupéfaite.

– Comment ça ? Vous… vous y êtes allé ? bégaya Nicolas.

– Plusieurs fois. J'ai eu accès également aux ordinateurs qui s'y trouvent.

– Alors… vous êtes au courant pour les portes sur la lune ?

Le Doc hocha la tête en regardant Claire.

– Vous vous êtes bien fichu de nous avec vos extraterrestres, grinça Violaine. Vous saviez depuis toujours que c'étaient des hommes de l'organisation Majestic qui étaient là-haut. Les fameuses lumières sur la lune… Ce sont eux qui ont empêché les astronautes d'Apollo de se poser !

– Je voulais juste placer les choses hors de votre portée, se justifia-t-il. Pour votre sécurité. Comme ces pots de confiture qu'on met en haut de l'armoire, pour éviter une indigestion aux enfants.

– Pas de chance, dit encore Violaine, c'est l'inverse qui s'est passé. Et on a effectivement un gros poids sur l'estomac, maintenant.

– Pourquoi, Doc ? Pourquoi ces mensonges ? demanda Claire avec un regard de reproche.

Barthélemy prit une inspiration.

– Le MJ-12, ou les Majestics comme vous préférez, ont découvert dans les archives des Templiers l'existence de portes ouvrant sur d'autres dimensions. Après une enquête approfondie, le MJ-12 a décidé de consacrer l'essentiel de son temps à la recherche de ces mystérieuses portes qu'ils ont finalement, au prix d'efforts technologiques gigantesques, réussi à localiser sur la lune et à atteindre des années avant les missions Apollo.

– Ça paraît dingue d'imaginer que la NASA n'était pas au courant ! dit Nicolas.

– Pas quand on connaît la puissance du MJ-12, répondit le Doc désabusé. Et sa culture du secret. Aujourd'hui, les choses ont partiellement changé. La NASA travaille en collaboration avec l'organisation des Majestics.

– Ça a dû leur coûter un max d'argent, ce programme secret, s'étonna encore le garçon. Il y avait un trésor templier, au milieu des archives ?

– Le MJ-12 est né à la fin des années 1930, expliqua le Doc. Une conséquence directe de la découverte des fameuses archives de Rolf Grierson. Dans le chaos de la guerre mondiale, l'organisation s'est constitué une gigantesque cagnotte qui lui a permis, plus tard, de lancer son programme. Avec l'aide de savants russes et allemands qu'elle n'a eu, après la débâcle, aucun mal à convaincre.

– Vous savez aussi pour Grierson ! s'exclama douloureusement Arthur. Il y a quelque chose que vous ne savez pas ?

– Laisse-moi continuer, fit le Doc d'un ton presque suppliant.

– Ces Majestics, dit Nicolas sans tenir compte de l'intervention du Doc, ce sont un peu les maîtres du monde, alors !

– Un peu, Nicolas, juste un peu. Ils pourraient le devenir, s'ils ne restaient pas prisonniers de leurs obsessions… La puissance du MJ-12, en effet, est soumise à ses propres objectifs. Le reste ne l'intéresse pas, ou très peu. C'est pour cela que ses interventions dans les affaires du monde restent ponctuelles et chaotiques, en apparence du moins.

– Je ne comprends pas. Pourquoi dépenser tant d'énergie, d'argent et même de vies humaines pour ces portes ?

– Qui sait, Claire, qui sait ? répondit le Doc en portant sur la jeune fille un regard ému. Par curiosité probablement. L'homme a toujours besoin de savoir ce que cachent les portes fermées. Le problème, c'est quand il n'arrive pas à les ouvrir ! Les Majestics se sont mis à chercher le moyen de forcer ces portes. Ils ont envoyé leurs équipes partout dans le monde à la recherche d'artefacts archéologiques susceptibles d'agir comme des clés ou bien d'en révéler le secret, ne reculant devant rien, même quand les gouvernements étaient réticents. Tout cela au nom d'un intérêt supérieur : il fallait savoir. Savoir ce qu'il y avait derrière les portes.

– Ces clés n'étaient pas les bonnes, n'est-ce pas ? dit Arthur.

– Non. C'est alors que les savants travaillant pour le compte des Majestics ont décidé de reprendre le problème depuis le début. Si le mystère des portes avait été révélé par les Templiers, celui de la clé pouvait l'être aussi ! Ils ont donc exploré méthodiquement l'ensemble des archives templières, accordant leur attention à tous les dossiers. Tous. Et celui des enfants mêlés en faisait partie.

Ils retinrent leur souffle, tous les quatre.

– Vous risquez d'avoir un choc, les avertit le Doc qui hésitait à poursuivre.

– On est prêts, Doc, le rassura Nicolas.

– Prêts à tout entendre, confirma Arthur dont le cœur battait la chamade. Mais parlez, s'il vous plaît, parlez !

– Dans ce dossier, reprit le Doc avec réticence, il était question de peuples non humains, de peuples très anciens qui vivaient sur terre avant l'apparition de l'homme. Ces peuples avaient ensuite cohabité avec lui, en plus ou moins bonne intelligence, pendant des dizaines de milliers d'années. Les humains avaient intégré ces peuples dans leur environnement, leurs mythes et leurs religions qui glorifiaient la terre et la nature. Tous avaient leur place dans le monde d'alors. Jusqu'à l'arrivée de nouvelles religions qui prétendirent soumettre la terre au ciel, remplacer le naturel par le surnaturel et faire de l'homme la référence unique…

– Les Templiers ont avalé ça sans s'offusquer ? s'étonna Arthur. Ils étaient chrétiens, pourtant !

– Les Templiers étaient surtout sur la piste de voies

nouvelles. L'histoire des portes le prouve assez ! Je ne pense pas que cette théorie les ait dérangés. D'autant qu'ils s'en faisaient seulement les rapporteurs...

– Continuez, Doc, l'implora Claire.

– Je continue, rassure-toi. Je suis allé trop loin pour faire machine arrière... Peu à peu rejetés, donc, et pourchassés, les peuples anciens n'eurent pas d'autre choix que de fuir. Mais où aller ? Ils ne pouvaient quitter la terre, qui était leur seul monde. Alors ils se réfugièrent dans une dimension parallèle. Dimension où ils vivent sans doute encore, en invisibles voisins, à l'insu des hommes. Seulement, des dizaines de milliers d'années de cohabitation et d'échanges, ça laisse forcément des traces.

– Des traces ? répéta Nicolas, éberlué.

– Des traces... Ainsi de temps en temps naissent parmi les hommes des enfants qui possèdent certaines caractéristiques des peuples anciens. Voilà ce qu'avaient appris et consigné les Templiers, dans le plus grand secret.

Claire se retint pour ne pas hurler de joie. En quelques phrases, le Doc venait d'apporter la preuve qu'elle n'était pas folle, qu'elle ne l'avait jamais été. Tous ses délires au sujet des sylphes, des dryades, des vampires et des garous étaient bel et bien ancrés dans une réalité. Une réalité disparue mais une réalité quand même, resurgissant ici et là, au hasard d'une naissance, d'une rencontre ou d'une quête. Ses divagations étaient des intuitions, ses hallucinations des inspirations ! Ça changeait tout.

– Et les Majestics ? s'enquit Arthur qui craignait de comprendre.

– À la lecture de ce dossier, les Majestics se sont dit que, si ces fameux enfants existaient, ces enfants porteurs de caractères non humains, alors ils possédaient peut-être également le pouvoir de leurs lointains ancêtres : celui d'accéder à d'autres dimensions.

– Et donc d'ouvrir les fameuses portes, termina Arthur qui ne put maîtriser le tremblement de sa voix. Les enfants mêlés seraient ainsi la clé qu'ils convoitent depuis un demi-siècle. Et qu'ils se sont mis à chercher dans les endroits susceptibles d'accueillir des enfants trop étranges, comme la Clinique du Lac…

Claire sortit de son exaltation et poussa un petit cri horrifié.

– Des clés ? Des instruments ? C'est donc tout ce qu'on est à leurs yeux ?

Elle eut brusquement envie de pleurer. Mais personne n'essaya de la réconforter. L'attention de ses amis était tout entière tournée vers le docteur Barthélemy, qui semblait à présent soulagé d'un grand poids.

– C'est bien beau toutes ces histoires, Doc, mais il est temps de répondre à notre première question, dit Violaine d'un ton tranchant. Comment avez-vous eu ces informations ? Qui êtes-vous vraiment ?

La jeune fille ne semblait pas le moins du monde touchée par les révélations du Doc. Barthélemy soupira, vaincu.

– C'est vrai, vous avez posé tout à l'heure la question centrale. Mais si j'y avais répondu tout de suite, peut-être n'auriez-vous pas écouté ce que je devais vous dire... Je m'appelle vraiment Pierre Barthélemy. Je suis aussi psychiatre. Mais au sein du MJ-12 auquel j'appartiens depuis maintenant vingt ans, on me connaît sous le nom de Majestic 7.

Il existe bien deux manières opposées d'appréhender le monde.

À l'ancienne, c'est-à-dire comme on le faisait avant l'arrivée des grandes religions. Le monde est sa propre origine. Hommes et dieux font partie d'un tout. Ils respectent les lois naturelles et sont soumis à leur propre destin. Chez les hommes, toutes les croyances sont acceptées en vertu de la multiplication des chances face à ce destin qui régit toutes choses. C'est le règne du multiple et de l'acceptation.

Ou bien à la moderne. Le monde est créé par une entité extérieure toute-puissante. Les hommes sont ses créatures préférées. Elles lui sont soumises et en échange reçoivent le monde en jouissance. L'autre devient celui qu'il faut convaincre et contraindre. C'est le règne de l'unique, de l'exclusif et de l'exclusion...

(Extrait de *Fées et lutins*, par Samantha Cupplewood.)

17

Tempestas, atis, f. : moment, malheur, tempête

Tout me paraît plus simple, étonnamment, depuis que je me suis arrêtée dans l'Intervalle et que j'ai pris la peine de l'explorer. J'ai lu, il y a longtemps, une nouvelle d'Edgar Poe qui démontrait que les choses les mieux cachées étaient celles qu'on avait sous les yeux. Comme c'est vrai ! Je vis depuis plus de quinze ans dans un monde qui n'est pas le mien, rêvant d'un retour impossible à une terre que je n'ai jamais quittée. Alors que la dimension faite pour moi se trouve sous mes yeux depuis toujours : l'Intervalle. Il suffit que j'avance un pied, une main pour m'y trouver. Pour me retrouver, pleine et entière, irradiant d'énergie, enfin capable du geste juste...

59 minutes avant contact.

– Je ne comprends plus rien, gémit Claire, brisant le silence stupéfait qui avait suivi l'incroyable aveu du Doc.

Dans la gare, la vie suivait son cours. Des gens passaient, chargés d'énormes bagages, s'arrêtaient, repartaient. Eux seuls restaient immobiles. Cinq rochers au pied d'un palmier, un îlot au milieu d'un océan de mouvements. Le monde, leur monde, venait de s'écrouler. Comme dans certains films, l'agitation alentour sembla se ralentir, presque s'arrêter puis accélérer soudain, jusqu'au tournis. Les sons paraissaient surgir d'ailleurs, totalement décalés.

Puis la voix de Pierre Barthélemy, apparemment décidé à ne rien leur cacher, les ramena à la terrible réalité.

– J'ai été d'une certaine façon recruté par le MJ-12 après l'affaire Goodfellow. J'ai alors eu le choix entre deux solutions : vivre ou mourir. J'ai choisi l'option la plus sage. Depuis, j'ai eu le temps de m'en féliciter. Et de m'en mordre les doigts.

– Qu'est-ce que vous voulez dire ?

– Je veux dire, Arthur, que lorsqu'on côtoie les puissants et les secrets de ce monde, c'est pour le meilleur mais aussi pour le pire. On ressent la jubilation d'être dans les coulisses du spectacle. Et les remords nés de ce qu'il a fallu faire pour y parvenir.

– Vous avez… tué des gens ? demanda Claire en se mordant la lèvre.

– Non, non. J'en ai même sauvé ! Goodfellow, par exemple. Mais j'ai été le complice silencieux de bien des horreurs…

– Le mystérieux protecteur ! s'exclama Nicolas en claquant des doigts. C'était vous ! Vous avez protégé Harry de vos propres amis !

– J'ai aidé Harry de mon mieux pendant des années.

Mais il était menacé par la NASA et la CIA, qui ne sont pas mes amis. Ni mes ennemis, d'ailleurs. Tu vois Nicolas, mon rayon, ça a toujours été la diplomatie, les contacts, les tâches qui demandent de la psychologie.

– La Clinique du Lac, intervint abruptement Violaine, c'était une de ces tâches ? Vous étiez chargé par vos petits copains de nous trouver ?

Le Doc tourna vers elle son regard vif.

– Pas vous en particulier. Mais oui, c'est vrai, j'ai pris ce poste dans le but d'identifier d'éventuels enfants mêlés. Nous ne savions pas s'ils existaient mais, comme l'a dit Arthur, si c'était le cas, il devait bien s'en trouver un ou deux dans cet établissement de la dernière chance !

– Et alors ?

– Alors j'ai commencé par nier l'évidence. Avec vous, j'avais tous les jours sous les yeux la preuve de l'existence de ces enfants mêlés, mais je me refusais à l'accepter. Jusqu'à cette absurde histoire d'enlèvement.

– Pour qui travaillait Clarence ? demanda impatiemment Arthur.

– Pour la NSA, une sorte de CIA spécialisée dans le renseignement.

– Ils vous avaient découvert, c'est ça ?

Barthélemy secoua la tête.

– Même pas. Il s'agissait d'un stupide concours de circonstances. J'avais gardé les documents de Goodfellow par nostalgie, parce qu'ils étaient l'élément fondateur de ma nouvelle vie. La NSA a eu vent de l'existence de ces documents et a décidé de les récupérer pour son propre compte. Dans quel but, je l'ignore. Mais je me suis retrouvé en fâcheuse posture. J'ai failli y laisser ma peau. J'en rigole encore ! À quoi me servait, drogué et menotté dans une chambre d'hôtel à Genève, d'être l'un des maîtres du monde, comme dit Nicolas ? En réalité, cet épisode a été capital pour moi.

– Comment ça ? demanda Arthur en fronçant les sourcils.

– D'abord parce que je suis revenu sur terre. J'ai redécouvert l'humilité, Arthur ! Entre les mains de ces bandits, je n'étais qu'un homme qui ne disposait même pas de sa propre existence... Ensuite parce que, à l'écoute de vos exploits, le voile s'est enfin déchiré. Pour survivre à toutes ces épreuves, vous ne pouviez pas être ordinaires. J'ai repris mes analyses à votre sujet et j'en suis arrivé à la conclusion que vous étiez bel et bien, chacun à votre manière, des enfants mêlés. Vos troubles, vos déphasages, vos handicaps, tout vient de cette part non humaine qu'il vous a fallu découvrir et accepter...

– Pourquoi ne pas nous l'avoir dit avant ? demanda Claire les larmes aux yeux. Si vous saviez ce qu'on a vécu, et enduré !

Barthélemy se racla la gorge, ennuyé.

– Qu'est-ce que ça aurait changé, Claire ? Savoir ne vous aurait pas épargné les épreuves...

– Vous êtes gonflé de dire ça, lança Violaine avec colère, alors que vous vous vautrez depuis vingt ans dans toutes les compromissions dans l'espoir de savoir ! Savoir ce qu'il y a derrière les portes de la lune !

– Tu as raison et tu as tort, Violaine, répondit le Doc en s'efforçant d'être conciliant. C'est vrai : comme les autres, je me suis pris au jeu des portes. J'ai œuvré en ce sens et je ne le regrette pas. Mais ce jeu a été bouleversé il y a quelques mois. La donne a changé. L'ardent désir de savoir me dévore toujours, mais mon regard s'est détourné de la lune.

– C'est nous, hein ? reprit Violaine, sarcastique. Ça vous excite, les enfants mêlés ! Hein, Doc ?

– Fais attention à ce que tu dis et à ce que tu insinues, lui rétorqua Barthélemy, le visage sombre. Je ne suis pas sûr d'aimer. Mais c'est vous, en effet, qui monopolisez mon attention.

– En tant qu'objets d'étude ? dit Arthur avec un mince sourire qui se voulait ironique.

Barthélemy le regarda longuement avant de répondre.

– Pas seulement, mais il y a de ça. C'est grâce à vous, en effet, que j'ai trouvé le courage de pratiquer sur moi-même les analyses qui vous étaient destinées.

– Pourquoi, Doc ?

– Pour savoir. C'est bien le péché des Majestics, n'est-ce pas ? Et j'en suis arrivé à la conclusion que j'étais moi aussi, dans une moindre mesure, un enfant mêlé.

Les yeux de Claire s'arrondirent d'étonnement. Le Doc continua, sans leur laisser le temps de réagir :

– Gamin, tout le monde m'adorait. Je n'ai jamais été puni de ma vie. J'ai toujours réussi mes examens, sans beaucoup travailler. Je me suis orienté vers la psychiatrie parce qu'il me semblait que les gens n'avaient pas de secret pour moi. Lors de ma comparution devant le MJ-12, j'ai été coopté d'emblée, à l'unanimité, ce qui n'était jamais arrivé. Entre les mains des hommes de la NSA, malgré les drogues, j'ai réussi à leur faire croire que je ne savais rien... Je développe une empathie anormale et si je m'en rends compte depuis longtemps, ce n'est que récemment que j'ai compris pourquoi : parce que dans mes veines coule aussi une part, certes modeste mais bien réelle, de sang ancien !

– On serait en quelque sorte... parents ? risqua Claire.

– Je le savais ! jubila Nicolas. Vous ne pouviez pas être quelqu'un de mauvais !

– Ah oui ? ricana Violaine. Alors pourquoi est-ce que ses petits amis nous traquent ? Qui leur a dit que nous étions ceux qu'ils cherchaient ?

Elle tourna vers le Doc un visage clairement suspicieux.

– Après mon enlèvement, j'ai envoyé un rapport sur vous au MJ-12, avoua piteusement Barthélemy. Je reconnais que je me suis précipité. Je n'avais pas encore compris que moi-même...

– Vous essayez de nous embrouiller ? dit sèchement Violaine. Vous pensez que c'est honnête d'utiliser ses dons contre... ses propres neveux ? Hein, tonton ?

– Je ne vous embrouille pas, répondit Barthélemy que l'on sentait sur le point de perdre patience. J'essaye simplement de vous faire comprendre mon dilemme ! D'un côté il y a le MJ-12 et la loyauté à mes camarades, de l'autre il y a vous, l'affection sincère que je vous porte et le désir que j'ai de comprendre mes propres origines. J'ai fait ce que j'ai pu pour vous protéger. Sans mon intervention, vous seriez depuis longtemps entre les mains de nos savants !

– Vos savants, répéta Violaine, méprisante.

Arthur sentit que la tension montait dangereusement chez leur amie. Il devinait qu'elle était à deux doigts de commettre une bêtise. Plus grave : il savait qu'il ne pourrait rien faire pour l'en empêcher.

– Au fait, continua-t-elle, vous savez que votre protégé, Goodfellow, est mort, tué par vos gardes, dans votre base de Bohol ?

Elle avait volontairement insisté sur les « vos » et « votre ». Barthélemy soupira.

– Oui, je l'ai appris. Son corps a été retrouvé à l'extérieur, à proximité du conduit d'aération que vous avez utilisé pour pénétrer sous la colline. Pauvre Harry. Il n'a jamais su, toutes ces années, que je me tenais derrière lui, le protégeant de mon mieux. J'ai pourtant cru l'avoir perdu après qu'il s'est bêtement fait prendre en se rendant à l'enterrement de sa mère. Mais il s'en est tiré, ce qui m'a causé les ennuis que vous savez avec la NSA. J'ai toujours pensé qu'il y avait une bonne fée qui l'aimait.

– Elle ne l'a pas suivi aux Philippines, en tout cas, dit Nicolas, le visage rembruni. C'est moche. C'était vraiment un homme bien.

– Oui, un homme bien, répéta distraitement Barthélemy en jetant un nouveau regard inquiet autour de lui.

– Vous attendez quelqu'un, Doc ? lui demanda insidieusement Violaine. Des amis à vous, pressés de nous emmener faire un tour à Bohol ?

La voix de la jeune fille commençait à dérailler. Ses amis l'observèrent avec appréhension.

– Qu'est-ce que tu vas imaginer ? Tu me crois capable de…

– C'est ça ! J'ai compris ! s'excita-t-elle. Depuis tout à l'heure, vous nous retenez avec des salades, le temps que vos hommes arrivent !

– Violaine ! s'écria le Doc soudain effrayé par l'éclat mauvais de son regard. Tu te trompes. Si je surveille les alentours, c'est parce que j'ai peur d'avoir été suivi. J'ai dit tout à l'heure que les choses ne se passaient pas comme je le voulais et c'est vrai ! Majestic 1 se méfie de moi. Il me fait suivre. J'ai réussi pour l'instant à échapper à ses hommes mais… Ahhhhhh !

Les yeux de Violaine avaient changé. Ils avaient été remplacés par des braises. On aurait dit que le crâne de la jeune fille abritait une entité effroyablement étrangère, une entité qui se servait d'elle pour exister. Violaine avait empoigné le bras du Doc.

– Finis les mensonges, gronda-t-elle. Vous nous avez trahis. Vous allez payer…

Elle accentua sa pression. Face à elle, Barthélemy était livide. La bouche ouverte, les yeux exorbités, il fixait le vide au-dessus de Violaine. Autour d'eux, les gens crurent à une dispute et s'écartèrent lentement. Puis précipitamment, comme si quelque chose en eux les poussait à fuir loin de la jeune fille aux cheveux châtains.

Arthur et Nicolas se regardèrent, anéantis. Une formidable force émanait de la jeune fille et les contraignait à assister, impuissants, à la suite des événements.

Alors Claire s'approcha d'eux. Son visage était étonnamment serein.

– Ne vous inquiétez pas. Je vais aller aider notre Doc. Aider Violaine aussi. Elle est partie, je dois la ramener.

Puis elle fit un pas en avant et posa sa main sur l'épaule crispée de son amie. Le temps d'un battement de cils, Claire se retrouva…

… en enfer. Autour de Violaine crépitait un incendie de flammes rouges. Sur les bords se tordaient les écharpes de brume des passagers gagnés par l'affolement. Le dragon du Doc faisait courageusement face à un monstre de cauchemar : un gigantesque loup-garou au regard terrifiant, grondant de rage, les crocs maculés de sang et dégoulinant de bave.

« Mais ce sont des morceaux d'armure, là, au milieu des poils ! C'est sûrement le chevalier de Violaine, il s'est transformé en bête sauvage. Oh, le dragon du Doc, il est blessé ! C'est complètement stupide. »

Claire avait annoncé ça tranquillement, à voix haute. Le dragon et le loup-garou se tournèrent vers elle, interloqués. La jeune fille était restée elle-même, silhouette humaine et diaphane, nimbée d'un étrange halo doré. Elle fit un pas et le temps se ralentit à l'intérieur du champ de brume. Les flammes calmèrent leur danse folle. Elle caressa la joue hirsute du loup-garou et déposa un baiser sur son mufle souillé. Puis elle s'avança vers le dragon et posa une main sur sa blessure. Le sang cessa de couler.

« Vous êtes ici chez moi. Et je vous interdis de vous battre. Est-ce que c'est compris ? »

Un gémissement la fit se retourner. Le loup-garou entamait sa métamorphose, il redevenait chevalier. Un chevalier aux beaux cheveux dégringolant sur les épaules, le corps habillé par la lueur des flammes changeantes. Le dragon se pencha vers la jeune fille et lui souffla un air chaud dans le cou, comme pour la remercier. Claire sourit à l'un et à l'autre. Puis elle fit un pas en arrière.

Arthur et Nicolas se tenaient prêts. Ils la soutinrent au moment où elle lâcha Violaine.

– Tu as réussi, Claire, lui dit Nicolas en la réconfortant. Tu as réussi !

Légèrement titubant, les yeux papillotant comme s'ils sortaient d'un mauvais rêve, le Doc et Violaine reprenaient progressivement le contrôle d'eux-mêmes.

– Je... Qu'est-ce qui s'est passé ? balbutia Barthélemy en se prenant la tête entre les mains.

Autour d'eux, les passagers avaient fait un grand cercle et les regardaient avec une hostilité mêlée de crainte.

– Je me sens vide, souffla Violaine en venant chercher d'elle-même l'épaule d'Arthur.

Une série de cris hystériques retentit au même moment dans le hall. Des hommes couraient. Une agitation, qui tourna vite à la confusion, s'empara de la gare. Arthur pensa immédiatement à Violaine. La confrontation invisible avait peut-être laissé des traces et effrayé les dragons des gens présents dans la gare, comme à Bohol, sous la colline. Mais Nicolas le détrompa.

– Des hommes armés, dit le garçon dont le regard modifié traversait à présent la foule. Certainement les agents de Majestic que guettait le Doc !

– Il faut filer ! s'exclama douloureusement Arthur. Claire, comment tu te sens ? Et toi, Violaine ?

– Ça ira, répondit courageusement Claire. Il faudra bien.

– J'ai connu pire, gémit péniblement Violaine. Enfin, je crois.

– Le Doc ? s'enquit Arthur.

– Il vient de s'effondrer sur des valises, répondit Nicolas. Il n'est pas en état de nous suivre.

– Tant pis, dit Arthur d'une voix lasse. Ce sont ses amis, après tout. Il s'en sortira avec une salade et deux énigmes. Nous, par contre…

– On y va ! décida Nicolas.

– Et nos sacs ? demanda Claire dans un murmure.

– Laisse tomber les sacs. On ne fera pas cent mètres si on doit les porter.

Profitant de la panique, ils coururent le long des quais en direction des escaliers menant au sous-sol, vers le métro.

La NASA prévoit d'installer d'ici 2025 une base permanente sur le pôle sud de la lune. Depuis la fin du programme Apollo en 1972, les priorités de l'agence spatiale américaine ont été la construction puis l'exploitation des navettes spatiales. Il s'agit donc d'un important changement de stratégie. « L'exploration lunaire fera progresser la connaissance de la terre et du système solaire », ont fait savoir les scientifiques du Conseil national de la recherche. Les responsables de la NASA n'ont fourni aucune précision concernant le coût d'une base permanente, se contentant d'indiquer que le budget global de l'agence spatiale serait respecté. D'après le calendrier prévisionnel de la NASA, les premiers essais devraient avoir lieu en 2009. Le premier vol habité est prévu en 2014, puis une première mission lunaire en 2020. Les équipages effectueront d'abord plusieurs courts séjours. À partir de 2024, les astronautes devraient séjourner de manière permanente, effectuant par roulement des missions d'une durée de six mois.

Les naïfs s'attendriront en se disant que la lune continue à faire rêver les grands enfants que sont les États-Uniens. Les autres mettront immédiatement cette annonce en relation avec la nouvelle doctrine spatiale de la superpuissance et en déduiront qu'il risque de se passer des choses peu romantiques sur notre bel astre argenté ! Un autre signal d'alarme, que peut entendre quiconque connaît le capitalisme américain : près de quarante millions de km² de la surface lunaire ont d'ores et déjà été mis en vente par une société spécialisée dans ce genre de transactions inhabituelles…

(Extrait d'*Enquêtes occultes*, par Kevin Brender.)

18

Cælum, i, n. : ciel, voûte, phénomène

Je ne l'ai pas dit aux autres pour ne pas faire d'histoire. Tout est déjà si compliqué ! Mais j'ai vu, moi aussi. J'ai vu ce qui s'est passé dans le secret de la brume ! J'ai vu les deux monstres s'affronter, j'ai vu la lumière qui les a calmés. Enfin, quand je dis que j'ai vu, j'ai surtout deviné des formes au milieu de l'explosion des couleurs dans la gare. Je m'étais d'ailleurs promis de réfléchir au truc qui relie les couleurs et l'âme des gens ou des choses, mais j'ai oublié. Alors je ne sais pas. Pourquoi ai-je pu assister à cette scène ? Mystère. En tout cas, c'était la première fois. Est-ce que ça signifie quelque chose ? Peut-être. Que je serai bientôt prêt, je pense. Prêt à quoi ? Je n'en sais rien, mais prêt malgré tout…

28 minutes avant contact.

– Activez, allez ! cria Nicolas à ses amis qui avaient du mal à se frayer un passage au milieu de la foule. Ils nous ont vus, ils nous courent après !

Heureusement, ils connaissaient tous les quatre parfaitement les lieux et se dirigèrent sans hésiter vers la ligne 14 du métro, aux passages fréquents. Arthur soutenait Claire. Violaine récupérait vite et elle n'eut bientôt plus besoin de l'aide du garçon.

– Vite, vite, s'énerva Nicolas en trépignant devant les portes vitrées.

Enfin, une rame fit entendre son grondement. Ils se précipitèrent à l'intérieur de la voiture, priant de toutes leurs forces pour que leurs poursuivants arrivent trop tard. Ils virent avec soulagement les portes se refermer et le train démarrer, au moment même où les hommes armés foulaient le quai.

– Ouf ! soupira Nicolas. C'était juste !

– Ils nous ont vus ? demanda Violaine.

– Oui, répondit Arthur. L'un d'eux nous a montrés du doigt.

– On aura le temps d'atteindre notre planque, vous croyez ?

– Franchement, ça m'étonnerait, dit Arthur. À cette heure-ci, il y a des rames chaque minute. On n'aura jamais assez d'avance. Et puis, escalader le grillage près des voies, c'est un peu chaud en plein jour. Quant aux alentours du parking souterrain, ils sont à découvert.

– Tu proposes quoi ? demanda Violaine en lui portant, pour la première fois depuis bien longtemps, un regard emprunt de confiance. On descend au prochain arrêt et on se cache dans le parc ?

– Non, répondit Arthur en dissimulant son trouble. Les hommes de Majestic penseront peut-être à la même chose. Il vaut mieux aller jusqu'à la station Bibliothèque. Avec un peu de chance, ils se sépareront ! On tentera notre chance dans les petites rues, comme la dernière fois avec Clarence, mais dans l'autre sens. En direction de la Butte aux Cailles.

– Trop tard, j'en étais sûr ! murmura Clarence entre ses dents.

Il avait débarqué dans un hall de gare en proie à la panique. Les gens se bousculaient, hurlaient, cherchaient à gagner les sorties. Clarence se trouva pris en plein milieu d'un courant humain qui l'empêcha d'aller de l'avant. Il ne parviendrait à rien de cette façon-là. Il sortit de la poche de sa veste un brassard jaune et le passa rapidement autour de son bras. Puis il brandit son pistolet et se mit à crier : « Police ! », provoquant un léger reflux devant lui puis un corridor ténu où il put s'engouffrer en jouant des coudes. À proximité des quais désertés, il identifia immédiatement les trouble-fête dont lui avait parlé Rudy. Arme au poing également, ils couraient en direction du métro. Clarence en compta sept.

– Et merde ! lâcha-t-il en s'élançant à nouveau.

S'il était arrivé seulement quelques minutes plus tôt, il aurait pu prendre la main. Maintenant, il allait ramer pour retrouver le contrôle de la situation. Tout en maudissant John qui n'avait pu s'empêcher de marchander le pistolet semi-automatique qu'il convoitait, il se concentra sur la poursuite.

21 minutes avant contact.

La petite bande se hâta dès l'ouverture des portes en direction des escaliers mécaniques conduisant à la surface.

– Ce métro, c'est vingt mille lieues sous la terre ou quoi ? s'énerva Nicolas en gravissant les marches de métal.

Ils débouchèrent à l'extérieur sous un ciel maussade.

– On est revenus chez nous, constata simplement Claire en contemplant les tours de la Grande Bibliothèque.

– Et on n'a pas le droit d'y aller, conclut Arthur laconiquement en calant le bras de la jeune fille sur son épaule.

Violaine s'interposa avec douceur.

– Laisse, Arthur, je vais te remplacer. Je me sens assez forte, maintenant.

Il hésita mais le sourire de la jeune fille fut suffisamment convaincant. Il refusait encore de le croire tant ses espoirs avaient été déçus plusieurs fois, mais il semblait bien que leur Violaine soit définitivement revenue.

– D'accord, accepta-t-il en hochant la tête. On changera de rôle dans un moment.

Il rejoignit Nicolas à la tête du groupe. Ils remontèrent la rue du Chevaleret puis s'engagèrent dans celle de Domrémy, tournant résolument le dos à la bibliothèque et à leur refuge souterrain.

– Je ne sais pas ce que tu as fait tout à l'heure, murmura Violaine à l'oreille de son amie, mais j'ai le sentiment d'émerger d'un cauchemar vraiment glauque !

– Je suis allée te chercher, répondit doucement Claire.

– Me chercher ? s'étonna-t-elle. Mais j'ai toujours été là !

Claire secoua lentement la tête.

– Non. Tu t'étais perdue. Le problème, c'est que je ne savais pas comment faire pour te ramener. Jusqu'à tout à l'heure.

– Explique-toi, je ne comprends rien.

– L'épisode avec le vampire, sur la plage de Santa Inés, a libéré des forces terrifiantes qui sommeillaient en toi. Tu as lutté, mais chaque jour elles se sont renforcées. Elles ont fini par te dominer. Tu étais toi et une autre à la fois. Une autre de plus en plus présente, que je n'aimais pas. Qu'Arthur et Nicolas n'aimaient pas non plus.

– Comment tu as fait ?

– J'ai fait ce que tu nous avais conseillé de faire au début : j'ai apprivoisé ton dragon. Avec une caresse et un baiser.

Violaine en resta estomaquée.

– Tu as eu accès aux dragons ?

– Aux dragons et plus encore : à la matrice dans laquelle ils évoluent ! Moi aussi je me suis trouvée, Violaine ! J'ai découvert le monde d'où je viens…

Clarence déboucha sur le quai du métro au moment où une rame arrivait. Les sept mercenaires, comme il s'était amusé à les surnommer pendant sa course, trépignaient devant les portes. Clarence en conclut que les enfants avaient réussi à emprunter le train précédent. Il en fut soulagé. L'un des hommes, un téléphone portable vissé sur l'oreille, semblait attendre des informations.

D'un pas rapide, le pistolet rangé dans la poche, Clarence descendit les escaliers et se positionna un peu plus loin sur le quai. Juste avant la fermeture des portes, il grimpa dans une voiture, à portée de vue des mercenaires. Les stations se succédèrent sans qu'ils bougent. Visiblement, ils disposaient d'un contact qui avait accès au réseau de caméras des stations.

Quand il comprit à leurs mouvements qu'ils descendraient à l'arrêt Bibliothèque, Clarence rejoignit sans se hâter une grappe de jeunes gens impatients qui se pressait vers l'avant du train. Il pouvait encore reprendre l'avantage.

Clarence se tint prêt lorsque le métro freina. Il avait discrètement fixé le silencieux au bout de son pistolet. Il sortit au milieu du groupe surexcité, juste en face des escaliers mécaniques. Profitant de la bousculade, en prenant soin de ne pas se faire remarquer, il trouva le temps de tirer deux coups de feu sur les mercenaires qui avaient jailli ensemble du milieu de la rame. Deux d'entre eux tombèrent au sol, forçant leurs comparses stupéfaits à s'arrêter.

– Les sept mercenaires ne sont plus que cinq, murmura-t-il gaiement en empruntant l'escalier mécanique et en tournant ostensiblement le dos à la scène.

Lorsqu'il risqua un coup d'œil discret, ce fut pour s'apercevoir que les cinq survivants avaient abandonné leurs camarades sur le sol et emprunté un autre escalator, de l'autre côté du quai. Clarence jura et grimpa quatre à quatre les marches conduisant à l'extérieur.

15 minutes avant contact.

– C'est à mon tour, maintenant, dit Arthur en venant prendre Claire par le bras.

– Je ne suis pas fatiguée, tu sais, répondit Violaine.

– C'est pour aller plus vite. Ça ira mieux si on alterne régulièrement.

– Il a raison, appuya Claire. Je vous ralentis déjà beaucoup.

– Ne dis pas de bêtises, répliqua Arthur qui ne put cependant s'empêcher de regarder derrière eux.

Ils approchaient de la rue Xaintrailles qu'ils avaient empruntée quelques semaines plus tôt. Des badauds se pressaient ici et là sur les trottoirs, encore peu fréquentés à cette heure-ci de l'après-midi. Aux yeux des passants, ils étaient un groupe de jeunes comme les autres. En apparence, bien sûr.

Arthur sentit une boule dans sa gorge. Comme il aurait aimé avoir le temps de bavarder avec Violaine, d'essayer de retrouver la complicité qui les unissait, de la faire rire, de laisser son cœur s'emballer ! C'était injuste, terriblement injuste. Le seul temps qui leur était accordé, c'était celui de se rendre compte de ce qu'ils n'avaient jamais eu. Et ils n'avaient jamais eu droit aux mêmes joies, aux mêmes plaisirs simples que les jeunes gens de leur âge…

Clarence tira. D'où il se trouvait, il défendait intégralement le pont que les mercenaires semblaient vouloir absolument traverser. Son coup de feu n'égratigna qu'une cornière métallique. Trois des mercenaires se mirent soudain à courir sur l'avenue de France, abandonnant la rue de Tolbiac à leurs comparses. Ceux-ci continuaient à tenir Clarence en joue. Ça ne faisait pas son affaire ! Certes, il gardait solidement sa position mais il en était devenu prisonnier. De plus, il ignorait où les enfants étaient partis. Ce qui n'était pas le cas, manifestement, des trois sprinters qui s'en allèrent chercher une passerelle plus loin pour revenir dans la rue du Chevaleret, en contrebas du pont. Clarence pensa une fraction de seconde qu'ils allaient essayer de le prendre à revers. Mais ces hommes ne s'intéressaient pas à lui. Ils traquaient les fugitifs, à n'importe quel prix. Leurs deux comparses étaient restés sur place non pour l'éliminer mais pour le neutraliser... Il fallait agir et vite !

Un cycliste passa à ce moment sur le pont. Clarence surgit de son recoin et, d'un coup d'épaule, projeta le malheureux à terre, obligeant la camionnette qui le talonnait à freiner brutalement. Clarence tira un coup de feu en direction des deux hommes embusqués puis se faufila à l'arrière de la camionnette arrêtée en pleine voie. Une poignée de secondes plus tard, les mercenaires s'élançaient à la poursuite de Clarence. Ils s'accroupirent prudemment derrière le véhicule de livraison, dont le hayon était curieusement entrouvert, et cherchèrent leur ennemi des yeux. Puis ils moururent silencieusement d'une balle dans la nuque.

– Plus que trois, dit sobrement Clarence en s'extirpant de l'arrière de la camionnette encombrée de légumes.

4 minutes avant contact.

Soudain, un bruit de course fit se retourner la petite bande. Trois hommes les poursuivaient, à quelques centaines de mètres. Ils brandissaient des pistolets, sans se soucier des cris des gens se plaquant contre le mur à leur passage.

– Ce sont eux… dit simplement Nicolas, tout pâle.

Ils se mirent à courir à leur tour et débouchèrent rapidement sur la place Jeanne-d'Arc.

– L'église ! cria instinctivement Arthur.

Ils se ruèrent sur le flanc de l'édifice et grimpèrent les marches en direction d'une grande porte en bois. Mais ils ne purent, hélas ! l'atteindre, à cause de la grille qui en bloquait l'accès… De l'autre côté de l'église, c'était devant une porte semblable, au fronton de laquelle était inscrit *Domus Dei*, qu'ils avaient donné rendez-vous au Doc quelques semaines plus tôt. Il y avait un siècle. Une éternité.

Violaine secoua rageusement les barreaux.

– C'est trop bête ! Trop bête !

Arthur s'approcha d'elle, le visage défait.

– On a fait ce qu'on a pu. C'est fini maintenant. Viens…

Violaine céda et posa sa tête contre la poitrine du garçon.

– C'est trop bête, répéta-t-elle en sanglotant tandis qu'Arthur la serrait contre lui.

Nicolas vint mettre sa main dans celle de Claire.

– Qu'est-ce que tu regardes ? lui demanda-t-il d'une voix qui tremblait.

– *Porta cæli*, déchiffra la jeune fille en montrant l'inscription sculptée au-dessus du porche. La porte du ciel…

Puis ils entendirent des détonations derrière eux et le temps s'arrêta.

Contact.

Lorsque je me promène dans la forêt ou sur les falaises au bord de l'océan, au milieu des landes fouettées par le vent ou le long des ruisseaux, je ressens une indicible présence. Non pas la présence invisible de quelque entité mystérieuse mais bien une présence. Globale. Prégnante et fugitive. Apaisante et stimulante. Une toile d'araignée immense dont je serais le seul point d'attache tangible. Je pense que ce sentiment émane de la vieille essence des peuples anciens. Un sentiment qu'ils nous auraient laissé avant de s'en aller, pour que nous n'oubliions pas ce que nous sommes seulement, et tout ce que nous sommes…

(Extrait de *Fées et lutins*, par Samantha Cupplewood.)

19

Trajectio, onis, f. : traversée du ciel par les étoiles, action de passer

Si tout était à refaire, je m'entraînerais à peindre les dragons en rose et je donnerais à mon chevalier le visage d'Arthur. Je couperais ma frange et je jetterais à la poubelle mon pull trop grand. Je tiendrais le compte de mes sourires pour arriver à trois cents par jour. J'apprendrais à jouer aux cartes et à faire des gâteaux au chocolat. Je dirais à Antoine qu'il est le grand frère que j'ai jamais eu et à Goodfellow que je l'aimais bien, même s'il était vieux. Avec mon argent de poche, j'achèterais une nouvelle chemise au Doc. Je tirerais une dernière fois la langue au docteur Cluthe. Je prendrais le temps de respirer les fleurs. Si tout était à refaire…

Violaine s'arracha des bras d'Arthur.

– C'est vraiment trop bête, gronda-t-elle en se précipitant de toutes ses forces contre la grille.

À la surprise générale, celle-ci céda sans difficulté.

– Bravo ! s'exclama Nicolas. C'est vraiment toi la meilleure !

– Dépêchons-nous, dit Arthur. Je ne sais pas ce qui se passe avec les types qui nous poursuivent mais il faut en profiter.

Violaine poussa la porte, qui s'ouvrit elle aussi facilement. Ils s'engouffrèrent à l'intérieur et refermèrent le lourd vantail de bois, le calant avec le dossier d'une chaise traînant à côté. Puis ils se retournèrent.

– C'est bizarre, chuchota Nicolas. Ça ne ressemble pas à une église.

Les alentours immédiats étaient constitués de murs enduits d'un ciment gris qui cédait la place, un peu plus loin, à une roche granuleuse et sombre. Les chaises en bois de la nef disparaissaient rapidement, avalées par le sol inégal. Une lumière blafarde se frayait tant bien que mal un passage à travers un vitrail exigu, avant de se perdre dans la pénombre épaisse.

– Qu'est-ce que c'est que ça ? s'étonna Arthur. On dirait... une grotte !

Ils restaient blottis près de la porte, essayant de deviner ce que cachait l'obscurité qui les environnait.

Le cœur de Violaine battait la chamade. Elle savait très bien où ils étaient. Elle l'avait su dès que la porte s'était refermée. Mais elle ne comprenait pas comment ils avaient fait pour s'y retrouver.

– On est dans une grotte, confirma-t-elle d'une voix étranglée. La grotte de mes cauchemars.

– Je ne comprends pas, avoua Nicolas en enlevant ses lunettes noires. La grotte de tes cauchemars, tu veux parler de Saint-Maurice, dans la Drôme, là où Agustin le vampire nous a tiré dessus ?

– Non, Nicolas, répondit-elle doucement. Je parle bien de la grotte dans laquelle je me retrouve quand je m'endors et que je rêve. Sauf que dans mes rêves, je suis clouée au sol ou prisonnière des dragons.

– C'est impossible, répliqua Arthur en secouant la tête. Impossible. Tu veux dire qu'en ce moment même on est en train de rêver, et qu'en plus on est dans ton rêve à toi ?

– Non, ce n'est pas ce que je dis. Je dis que cet endroit ressemble à la grotte de mes rêves. Alors soit tu as raison et on fait tous le même rêve, soit mes rêves reproduisent un lieu réel, un lieu dans lequel on se trouve en ce moment.

– C'est compliqué, résuma Nicolas, et drôlement flippant ! Je propose qu'on ressorte. Tant pis pour les gugusses qui nous attendent dehors, ils me font moins peur que cet endroit.

– Tu as raison, acquiesça Arthur en dégageant la chaise. On n'a qu'à se rendre ! Le Doc trouvera bien le moyen de nous aider. Il nous doit bien ça.

Il tenta d'ouvrir la porte. Elle était bloquée. Solidement fermée de l'extérieur.

– Bon, ça règle le problème, dit sobrement Claire. Maintenant, essayons de réfléchir. Manifestement, nous ne sommes pas dans l'église Notre-Dame-de-la-Gare que l'on voyait sur la place il y a quelques minutes.

– On est où, alors ? demanda Nicolas qui regardait encore la porte avec regret. Un rêve, c'est pas très concret !

– Violaine l'a dit, on est dans un endroit qu'elle

connaît pour l'avoir vu en rêve, continua Claire. Moi, j'ai ma petite idée... Rappelez-vous ce que le Doc nous a révélé au sujet des peuples anciens et des enfants mêlés !

– Les peuples anciens n'ont pas quitté la terre mais ils se sont réfugiés dans une autre dimension, résuma Arthur. Ils avaient le pouvoir d'ouvrir les portes entre différents niveaux de réalité.

– Un pouvoir dont ont hérité leurs lointains descendants, les enfants mêlés ! compléta Claire. Ça paraît évident, non ?

– Tu veux dire qu'on aurait, sans le vouloir, ouvert une porte ? Qu'on serait dans une autre dimension ?

– Oui, Arthur, continua la jeune fille. À mon avis, face au danger et sous la pression de la peur ou de la colère, Violaine a ouvert cette porte. Une porte vers un autre monde.

Claire rayonnait.

– Heu, tu veux dire qu'on a quitté la réalité humaine pour ça ? dit Nicolas en fixant les ténèbres. Je ne suis pas sûr qu'on gagne au change !

– Claire a raison, dit soudainement Violaine. Sur toute la ligne. Je tourne ça dans ma tête depuis tout à l'heure. J'ai effectivement ouvert une porte. Il n'y a pas d'autre explication.

Arthur tourna vers elle un visage bouleversé.

– Nicolas aussi a raison ! Cet endroit est sinistre, Violaine. Sinistre et terrifiant. Il n'y a rien de bon pour nous ici.

– Il n'y a rien de bon ici pour personne, dit Violaine d'un ton apaisant. Vous croyez que les peuples anciens n'ont pas songé à se protéger quand ils sont partis ? Nous ne sommes pas encore dans leur dimension. Nous sommes dans le couloir qui y mène, un couloir gardé par des dragons...

– Génial ! s'exclama Nicolas en éclatant d'un rire nerveux. Alors on est condamnés à mourir de faim près de cette porte, coincés entre des tueurs et des monstres !

– Je connais le chemin qui conduit à la deuxième porte, affirma tranquillement Violaine. Quant aux dragons... Je pense que je m'en sortirai !

– Et nous ? s'inquiéta Arthur.

– Il suffira de rester ensemble, répondit Violaine après une seconde d'hésitation qui n'échappa pas au garçon.

– Très bien, soupira-t-il. On te fait confiance.

– Claire, prends la main de Nicolas. Moi, je vais prendre celle d'Arthur.

Puis elle s'avança résolument en direction des ténèbres.

Elle trébucha au départ sur les aspérités rocheuses du sol, le temps que son regard s'accoutume à l'obscurité. Derrière elle, ses amis suivaient en silence et seule leur respiration hachée trahissait la peur qui les étreignait. Le noir était poisseux, oppressant. Violaine se retourna et vit s'éloigner la faible lumière jaillissant du vitrail. Pas de doute, elle était bien dans l'univers de son cauchemar récurrent ! Mais elle était debout, et elle n'était pas seule. Elle commençait à se dire que les choses seraient peut-être plus faciles qu'elle le pensait quand elle entendit le premier feulement.

– C'était quoi, ça ? chuchota Nicolas, paniqué.

– Un dragon, répondirent en même temps Claire et Violaine.

Un deuxième cri, rauque et puissant, déchira la pénombre.

– Et… tu es sûre que ça va aller ? demanda encore le garçon d'une voix faible.

– Ne t'inquiète pas, tout va bien se passer, répondit-elle sans pouvoir s'empêcher d'enfoncer ses ongles dans la paume d'Arthur.

Non, tout n'allait pas bien se passer, en conclut Arthur qui décida cependant de garder pour lui ses appréhensions.

Ils entendirent une chose énorme brasser l'air au-dessus de leur tête. Puis une odeur de charogne assaillit leur odorat. Le feulement qui déchira le silence fut si puissant qu'il les rendit sourds un bref instant.

– Tout va bien se passer, gémit Nicolas. Tu parles ! On va se faire bouffer, oui !

– Tais-toi, lui ordonna Violaine d'un ton sec.

La bête qui les avait survolés se posa lourdement sur le sol. Dans la pénombre, ils devinèrent le dragon plus qu'ils le virent. Seuls ses yeux jaunes, infiniment inquiétants, ne laissaient planer aucun doute sur sa présence devant eux.

– Ne bougez pas, dit encore Violaine en faisant un pas en direction du monstre.

C'était un conseil inutile. Personne n'avait envie de remuer, ne serait-ce qu'un orteil. Ils osaient déjà à peine respirer.

Violaine tendit une main tremblante en direction de la bête qui sifflait méchamment entre ses dents pointues. Jusqu'à présent, ses cauchemars lui paraissaient presque réels. Elle était en train de se rendre compte que « réel » était un cran au-dessus de « presque réel » ! Elle surmonta son dégoût et toucha un front hérissé d'écailles gluantes. Le dragon se calma aussitôt et donna sur la joue de la jeune fille un bref coup de langue. Tout en essuyant la bave sur son visage, soupirant de soulagement, elle appela les autres.

– Posez votre main sur sa tête, leur dit-elle. Ne soyez pas effrayés.

– Pas effrayés, grogna Nicolas en s'avançant, tu en as de bonnes ! Tu as vu le dentier ? Brrrrr !

Il posa néanmoins sa main à son tour sur la tête du dragon. Le monstre cligna des yeux, comme si le garçon, après avoir passé l'épreuve, recevait la permission de passer.

Claire répéta le même geste. Cette fois-ci, le dragon, dans un geste de déférence, eut l'air d'incliner sa grosse tête. Gravement, la jeune fille salua également la bête.

– À toi, Arthur, annonça Violaine.

– Tu verras, c'est facile ! l'encouragea Nicolas.

Le cœur d'Arthur battait à toute volée. Il avait l'intuition que ça ne se passerait pas bien. Jamais il ne s'était senti aussi loin de ses amis ! Il avait l'impression qu'ils étaient en train de basculer d'un côté de la pente et lui de l'autre.

Appelé de nouveau par Violaine, il fit un pas vers le dragon. Qui braqua son regard de mort dans sa direction. Qui ouvrit la gueule, menaçante. Et qui gronda. Arthur se figea, les yeux agrandis par l'horreur.

– Qu'est-ce qui se passe, Violaine ? demanda Nicolas terriblement inquiet.

– Je ne sais pas ! Je ne comprends pas ! Je...

– Mais si, la coupa Claire plus pâle que jamais. C'est limpide. Le dragon est là pour empêcher les humains d'accéder à la dimension des peuples anciens...

– Mais Arthur est comme nous, un enfant mêlé ! hurla Nicolas en saisissant le col de Violaine. Il doit passer ! Sa place est de l'autre côté !

– Le Doc aussi est un enfant mêlé, murmura encore Claire. Mais faiblement. Plus humain que non humain. Comme Arthur...

– Comme Arthur, répéta Violaine hagarde.

– Mais qu'est-ce qu'il va lui faire ? hurla Nicolas en la secouant. Qu'est-ce qu'il va lui faire, ta saloperie de dragon ?

– Il va le tuer, murmura-t-elle. Il va le tuer !

Arthur ne bougeait pas. Il aurait dû mourir de peur sous le regard terrible du monstre qui se dressait devant lui, près de frapper. Non. Au contraire, il se sentait bien. Détaché. Les hurlements de ses amis lui parvenaient de très loin. Il ne quitterait jamais ce couloir et il le savait. Cela n'avait pas d'importance. Ils avaient enfin trouvé la réponse après laquelle ils couraient. Et maintenant, après mille tourments et autant de souffrances, après avoir affronté l'incompréhension, la cruauté, l'indifférence et la peur, les enfants mêlés retournaient dans le monde qui les attendait. Les véritables enfants mêlés.

Car il venait enfin de le comprendre et c'était cette certitude qui le comblait à quelques instants de la mort : au contraire de ses amis, il était d'abord un humain. Ensuite seulement, il était autre chose. Le dragon aussi le savait et c'est pour cela qu'il ne le laisserait pas passer. Il s'en moquait désormais. Enfin, pas tout à fait. Il aurait bien voulu savoir si Violaine avait des sentiments pour lui... Il ferma les yeux et attendit le bon vouloir du dragon.

– Non !

Violaine s'était interposée entre l'animal et le garçon. Le dragon battit des ailes, furieux.

– Il est de notre sang, cria-t-elle, il vient avec nous !

Le dragon essaya d'écarter Violaine d'un coup de patte. Elle l'évita et, sans hésiter, répliqua en le frappant de toutes ses forces.

– C'est moi qui décide ! hurla-t-elle à l'adresse du monstre interdit. Je suis la maîtresse des dragons ! Vous devez faire ce que je dis !

Le dragon recula en feulant, le regard mauvais. Violaine agrippa Arthur par le bras et le tira en avant.

– En route, vite !

Sans lâcher son ami, elle se mit à courir et les entraîna tous vers le fond de la grotte, en direction de la crypte qu'elle connaissait si bien. Derrière eux, le dragon prit son vol.

– Il nous poursuit ! gémit Nicolas.

– Bien sûr qu'il nous poursuit, haleta Violaine. Il fait son travail.

– Mais tu as dit que...

– Dans le monde des humains, je suis la maîtresse

des dragons. Ici, les dragons n'ont pas de maîtres. Seulement des chouchous…

Comme elle s'y attendait, la crypte était envahie par les corps de dragons lovés les uns sur les autres. Leur arrivée créa une énorme agitation. Ils slalomèrent au milieu des bêtes gigantesques qui ne comprenaient rien à ce qui se passait.

– Qu'est-ce qu'on fait là, bon sang ! se plaignit Nicolas en serrant encore plus fort la main de Claire.

– Allez ! Allez ! cria Violaine pour obliger ses amis à continuer.

Elle avait parié sur le moment de panique parmi les dragons pour déstabiliser celui qui les poursuivait. Elle distingua bientôt la porte en bois de ses rêves, pulsant de façon surnaturelle dans un encadrement de pierres en ogive. Elle s'y précipita, les autres dans son sillage.

La porte était fermée. Au-dessus, comme gravée au fer rouge dans la pierre, une inscription latine luisait et repoussait les ténèbres.

– *In occultis locis stellæ occultantur…* lut Nicolas. On est en terrain connu !

– En terrain inconnu, plutôt, commenta Violaine. Cette porte est la dernière chose que je connais ici. Je ne m'en suis jamais approchée. Je ne sais même pas comment l'ouvrir.

– Je vais m'en occuper, dit Claire d'une voix assurée.

– Génial ! Mais dépêche-toi, dit Nicolas, ça s'agite derrière…

Tenus à distance par le feu des lettres gravées, les dragons s'excitaient de plus en plus. Leur colère était à deux doigts de se déclarer plus forte que le respect de la porte. À deux doigts de se déchaîner.

Tandis que Claire posait ses mains contre les planches de bois, Violaine se serra contre Arthur.

– Je ne sais pas si je dois te remercier, lui avoua Arthur à voix basse. L'accueil, de l'autre côté, sera peut-être le même que celui du dragon…

– Alors je te défendrai comme je t'ai défendu contre le dragon, répondit-elle en plongeant son regard dans le sien.

Impulsivement, Arthur approcha ses lèvres de celles de son amie et l'embrassa. Un baiser fougueux et maladroit auquel Violaine répondit en fermant les yeux. Mille dragons pouvaient bien les attendre derrière cette porte, pensa Arthur, il s'en moquait désormais, éperdument.

Nicolas, lui, n'avait d'yeux que pour Claire. La jeune fille rayonnait. La porte devant elle s'illuminait, fondait, se désagrégeait au sein d'une intense lumière dorée. Derrière eux, les dragons gémirent et reculèrent précipitamment.

– Waouh ! dit simplement Nicolas.

Claire lui sourit et lui tendit la main.

– On rentre chez nous, Nicolas. On rentre chez nous !

La lumière devint aveuglante. Elle déferla par la porte brutalement ouverte, submergea les ténèbres de la grotte puis reflua, entraînant Claire, Nicolas, Violaine et Arthur. Lorsque la crypte retrouva son aspect normal, les dragons feulèrent de dépit. Les enfants avaient disparu.

Clarence se laissa tomber à genoux sur les escaliers de pierre blanche, devant la grille hermétiquement close. Il était arrivé trop tard. En retard de quelques malheureuses minutes. Il jeta un bref regard sur les trois mercenaires, gisant sur le trottoir devant l'église, dans une flaque de sang. Trois balles avaient suffi. Mais, tirées trop tard, elles ne signifiaient plus rien.

Des larmes roulèrent sur ses joues quand il se pencha sur le corps des enfants, recroquevillés sur les marches. Claire souriait, ses grands yeux bleus rivés à jamais sur le ciel, un trou rouge au niveau du cœur. La tête sur son épaule, Nicolas semblait dormir comme un bébé. Le coup de feu avait brisé ses lunettes, il fermait les paupières. En contrebas, Arthur serrait Violaine contre lui et Violaine le serrait contre elle. Qui avait voulu protéger l'autre ? La mort les avait fauchés ensemble.

Clarence se redressa. La police allait arriver, il ne devait pas rester ici. Il regarda une dernière fois la scène terrible pour la graver définitivement dans sa mémoire, puis il se détourna et quitta la place. Il ne fit pas un geste pour essuyer ses larmes, laissant le vent de sa course les sécher et les incruster sur sa peau.

Sur le charnier des champs de bataille, crache sur les lâches, salue l'ennemi et pleure tes frères, petit…

(Extrait de *Préceptes de hussard*, par Gaston de Saint-Langers.)

Conclusio, onis, f. : épilogue

Clarence erra longtemps dans un Paris maussade, marchant dans les rues au hasard, croisant des gens comme il aurait pu croiser des fantômes. Lorsque la pluie se mit à tomber, fine, discrète, il tourna son visage vers le ciel et ferma les yeux. Il imagina la même pluie laver le visage des enfants qu'il n'avait pas su sauver et qui gisaient sur le flanc d'une église, à quelques mètres de leurs meurtriers. Des larmes coulèrent à nouveau sur ses joues, se mêlant à l'eau ruisselant du ciel. Pouvait-on vivre dans un monde vide ? Continuait-on à exister sans personne pour nous voir ? Ces gamins avaient fait irruption dans sa vie à la façon d'un boulet de canon, ravageant tout sur leur passage. Trois mois plus tôt, il ignorait totalement leur existence et maintenant il ne parvenait plus à s'imaginer sans eux. Un de ses auteurs fétiches avait-il déjà décrit une ironie pareille ?

Ravalant son amertume, il reprit sa marche sans but. Tout autre que lui aurait d'abord songé à sa peau, se serait enfui ou aurait au moins tenté de se déguiser avant d'arpenter la ville. Les abords de l'église Notre-

Dame-de-la-Gare n'avaient pas été déserts tout à l'heure, plusieurs personnes s'étaient mises à courir et à hurler au moment des coups de feu. Mais Clarence s'en moquait. D'abord parce qu'il avait remarqué que les gens ne se souvenaient jamais de lui. Ils étaient incapables de fournir une description de sa personne, quand ils parvenaient à remarquer sa présence ! Il attribuait ça à l'escamotage de son écharpe de brume par le vieux chamane afghan. C'était bien pratique. Mais ce n'était pas la seule raison pour laquelle Clarence déambulait sans crainte. L'autre raison était qu'il se moquait d'être attrapé. Emprisonné. Frappé. Condamné. Tué. Il se sentait l'âme d'un rônin, d'un samouraï sans maître et sans honneur. Il avait failli. Il n'avait pas su protéger les petits. Gaston de Saint-Langers lui aurait jeté un regard de mépris.

La nuit le ramena du côté de l'avenue Montaigne et du Plaza Athénée. Il comptait seulement prendre un whisky au bar de l'hôtel, dissoudre dans l'alcool les pensées qui lui taraudaient le cœur, dans un endroit familier. Le sourire du garçon à l'accueil le ramena brusquement à la réalité. Son instinct reprit le dessus et lui souffla de prendre garde.

– Monsieur Kent ! Heureux de vous revoir. Votre chambre habituelle est prête.

Clarence s'approcha du comptoir.

– Une chambre que j'ai réservée… personnellement ?

Sa question intrigua le garçon qui marqua un temps d'arrêt.

– Un instant, monsieur Kent. Je vérifie… Ah, c'est

juste ! Ce n'est pas vous qui avez effectué la réservation mais un certain M. Rudy.

Un début de sourire vint détendre les traits contractés de Clarence. Rudy... C'était bien son genre ! Le monde lui parut brusquement un peu moins vide. Comment avait-il pu oublier qu'il avait un frère ? Un frère qui, de surcroît, pensait à lui.

– Une enveloppe pour moi, j'imagine ?

– Parfaitement, s'empressa le garçon. Voilà, monsieur. Vous n'avez pas de bagages ?

– Perdus à la gare de Lyon, répondit-il machinalement en ouvrant l'enveloppe.

– Souhaitez-vous que l'on fasse acheter de quoi vous dépanner ce soir ?

– C'est une bonne idée. Faites pour le mieux.

Il s'éloignait déjà du comptoir, inventoriant les documents envoyés par Rudy, quand le garçon le retint :

– Monsieur Kent ! J'allais oublier... Quelqu'un est venu pour vous tout à l'heure. Il n'est pas reparti, il doit toujours vous attendre au bar.

Clarence marqua un temps d'arrêt. Les flics, déjà ? Non, c'était trop tôt. Les sbires du MJ-12 ? C'était plus vraisemblable. Il rangea l'enveloppe dans une poche de son manteau, s'assura de la présence de son pistolet sur le côté et traversa le hall en direction du bar de l'hôtel.

Assis dans un fauteuil au pied d'une colonne de bois clair l'attendait un homme fatigué, un homme qu'il ne se serait jamais attendu à revoir. Et surtout pas ici. Clarence marqua sa surprise par un temps d'arrêt.

– Asseyez-vous, monsieur Amalric. Vous me semblez avoir besoin d'un remontant !

– Docteur Barthélemy… Vous êtes décidément un homme étonnant.

Clarence choisit un fauteuil en face du Doc et s'y laissa glisser.

– Un whisky, je présume ?

– Vous présumez bien, Doc. *Single malt, of course !*

– *Of course…*

Le serveur attentif vint prendre la commande tandis que Clarence observait Pierre Barthélemy. Rudy avait glissé une ou deux feuilles à son sujet dans l'enveloppe. Vu la teneur du dossier, cela ne pouvait signifier qu'une chose…

– Alors, Doc, depuis combien de temps travaillez-vous pour le MJ-12 ? attaqua-t-il d'emblée.

– Ça alors ! Vous aussi vous êtes étonnant ! s'exclama Barthélemy. Ma foi, qu'est-ce que je gagne à tergiverser ? J'appartiens au MJ-12 depuis trop longtemps, Clarence. Beaucoup trop.

Le serveur apporta deux verres. Barthélemy prit le sien et le leva.

– À Violaine, Claire, Arthur et Nicolas, dit-il d'une voix qui s'étrangla. Puissent-ils enfin être heureux, où qu'ils se trouvent.

Clarence leva son verre à son tour.

– À ces pauvres gosses, oui, à ces pauvres gamins.

Ils vidèrent leur verre d'un trait. Clarence fit signe au serveur de remettre ça.

– Je ne sais pas quel a été votre rôle dans cette affaire,

dit-il. Je l'apprendrai sûrement un jour et je verrai alors ce que je ferai. Mais les gosses vous aimaient bien, Doc. Ça plaide en votre faveur.

– Je les ai trahis, Clarence, avoua douloureusement Barthélemy. D'une certaine façon, je les ai trahis.

– Et moi je les ai abandonnés, ricana Clarence. Incapable d'arriver à temps pour leur sauver la vie !

Il y eut un silence. Deux verres pleins apparurent sur la table. Ils les levèrent sans rien dire et les vidèrent à nouveau.

– Est-on condamné à trahir et abandonner ceux qu'on aime ? lança Clarence. C'est ça, la leçon à tirer ?

– La leçon, dit Barthélemy en secouant la tête, c'est qu'on se croit libre quand on ne voit plus ses chaînes. Je me suis cru libre d'aider des enfants, mais au moment de leur tendre la main, mes chaînes m'en ont empêché…

– C'est l'orgueil qui rend aveugle, dit Clarence. J'ai imaginé que je pourrais protéger ces gosses envers et contre tout. Je n'ai pas de chaînes pesantes à mes poignets, mais je n'ai pas su courir assez vite pour intercepter leurs meurtriers.

Ils restèrent tous deux plongés dans leurs pensées, jusqu'à ce que le serveur apporte la troisième tournée.

– Pourquoi êtes-vous venu ici, Doc ?

– Je voulais passer un moment avec le seul homme sur terre capable de comprendre mon chagrin. Et de le partager.

– Vous ne vous êtes pas trompé.

– Je me trompe rarement. Quand je me trompe, par contre, je mords la poussière.

– Buvez encore un peu, dans ce cas. Le whisky est souverain pour enlever l'amertume de la bouche.

– Qu'allez-vous faire, Clarence ? Car il y a désormais un Avant et un Après, n'est-ce pas ?

– J'avais pensé m'installer à Paris pour écrire et regarder le temps passer, mais aujourd'hui, je ne sais pas. Pourquoi ? Vous avez un boulot à me proposer ?

Barthélemy eut un rire triste.

– Il y a des places à prendre au MJ-12, vous savez ? Une véritable hécatombe, ces derniers temps ! Il paraît même qu'une voix au téléphone aurait incité Majestic 1 à se suicider, cet après-midi…

Clarence plissa les yeux et fixa le Doc.

– Je suis sûr que si l'on poussait plus avant l'enquête, on se rendrait compte que le coup de téléphone venait de Paris. Vous semblez être quelqu'un de redoutable, Doc. Peut-on se fier à un homme dangereux ?

– Oui, répondit sans hésiter Barthélemy. En tout cas, un autre homme dangereux peut le faire. Un homme sur lequel on n'aurait pas de prise, par exemple.

Clarence rit doucement.

– On a tous nos trucs et nos petits secrets.

– Alors, qu'en pensez-vous ?

– À quoi jouez-vous, Doc ? Vous savez très bien ce qui se passe quand on introduit un loup dans une bergerie.

– Il se trouve, cher Clarence, que je suis joueur dans l'âme. Et qu'un peu de changement ne m'a jamais fait peur. L'ordre et le chaos sont indissociables. Sans leur confrontation permanente, tout s'écroule. Alors ?

Clarence tapota l'accoudoir de son fauteuil.

– Vous comptez vous y prendre comment ?

– Ce n'est pas un problème. Par un heureux concours de circonstances, je devrais être ce soir promu numéro 3. Je vous verrai très bien en numéro 7 !

Clarence plongea son regard glacé dans celui, pétillant, de Barthélemy. Le Doc soutint l'échange sans broncher. Clarence se détendit et lui octroya un bref sourire. Puis il leva son verre, aussitôt imité par le Doc. Ils trinquèrent encore.

– Aux enfants !

« Majesticlarence vous promet une joyeuse pagaille, mes gamins ! annonça intérieurement le mercenaire. Une pagaille planétaire, en votre honneur ! »

La lueur des réverbères repoussait à grand-peine, au-dehors, la noirceur d'une nuit sans lune. Les deux hommes se rapprochèrent et discutèrent à voix basse. L'étrange lumière du plafonnier projeta contre la vitre leur silhouette déformée. L'ombre chinoise d'un loup et celle d'un renard commencèrent alors à comploter contre l'univers…

Fusillade mortelle dans le XIIIe arrondissement.

C'est en fin de compte sept corps qu'auront ramassés les policiers de la brigade anticriminelle dépêchée hier dans le secteur. Deux corps au sein même de la station de métro Bibliothèque, deux autres au niveau du pont de la rue de Tolbiac, trois enfin sur un trottoir de la place Jeanne-d'Arc…

Les enquêteurs ont d'abord suspecté un règlement de compte

mafieux. Mais l'intervention de l'ambassade des États-Unis ces dernières heures laisserait supposer une affaire internationale impliquant des membres des services secrets...

Des témoins affirment avoir aperçu un homme user d'une arme à plusieurs reprises entre la station de métro et la place Jeanne-d'Arc, mais semblent incapables d'en donner une description précise...

Des taches de sang, enfin, ont été relevées sur des marches de l'église Notre-Dame-de-la-Gare. Ces traces de sang restent mystérieuses pour les enquêteurs puisqu'elles ne correspondent à aucun des corps retrouvés. D'autres personnes ont-elles été blessées ? Un témoin a raconté aux enquêteurs avoir vu une gargouille en pierre se poser sur les marches et se transformer en dragon. Il a été aussitôt conduit dans un centre de dégrisement. Jusqu'à présent, le mystère reste entier...

(Extrait d'un article paru en première page du *Parisien*, le lendemain de la fusillade.)

Table des matières

Erik L'Homme

L'auteur

Erik L'Homme est né en 1967 à Grenoble. De son enfance dans la Drôme, où il grandit au contact de la nature, il retire un goût prononcé pour les escapades en tout genre, qu'il partage avec une passion pour les livres. Diplômes universitaires en poche, il part sur les traces des héros de ses lectures, bourlingueurs et poètes, à la conquête de pays lointains. Ses pas l'entraînent vers les montagnes d'Asie centrale, sur la piste de l'homme sauvage, et jusqu'aux Philippines, à la recherche d'un trésor fabuleux. De retour en France, il s'attaque à la rédaction d'une thèse de doctorat d'Histoire et civilisation. Puis il travaille plusieurs années comme journaliste dans le domaine de l'environnement. Le succès de ses romans pour la jeunesse lui permet désormais de vivre de sa plume.